U0060611

我最喜歡上班了!!!!

文子文雄 著

林詠純 譯

目次

第2章

・美好的世界，把我折磨得好苦……61

第3章

第4章

第5章

‧希望戴著名為不自由的面具……227

後記

前言

你好，我是社畜

有個詞叫作「死魚眼」，用來形容人類虛脫、空洞的表情。

當人在莫名疲倦、內心那把想要放手一搏的熱情之火熄滅時，眼中的光彩也會跟著消失。

「工作與家庭都不順利的人生，把我變成了一條死魚。」

有著死魚眼的人，總是把這樣的話掛在嘴邊，但這只不過是藉口，職場或日常生活並不會把人類變成魚類。

不信你看看周圍，在同事或朋友中，是不是總有人能夠不可思議地營造出活力十足的愉快氣氛呢？我身邊就有這樣的人，不僅沒能達成公司的目標，回家還得被老婆或女兒壓榨。不管怎麼看，工作與生活都稱不上順利，為什麼竟能保持如此充沛的活力呢？真讓人想不透。話說回來，我自己也在滅亡邊緣，完全看不見未來，所以才更想當個活力四射的人，就像在洶湧波濤中，打起精神游來游去、四處追逐浮游生物的腔棘魚一樣。

當然，我也有很多話想對這個社會宣洩，體內累積了無窮能量。

然而一旦要我放膽說出來，卻又不知道該從何說起。這個道理就像是，就算內心藏有只穿一條內褲在車站商圈奔跑的衝動，也不會真的實行。如果說鬧區裸奔太誇張，那麼換作是在晴朗的夏天午後，遠方飄浮著一朵蓬鬆積雨雲的大草原上，只穿著一條內褲跑來跑去呢？心情一定很爽快。但就算知道爽快，正常人也不會真的這麼做，不，應該說做不到，大家都會在心裡踩剎車。只要想到一時放縱後的悲慘下場——遭到檢舉、被以現行犯逮捕、遭公司解雇、家人的眼淚……準備脫下褲子的手就會鬆開。

想說的話說不出口，想脫到只剩一條內褲也沒膽，於是我逐漸開始把「累死了」「煩死了」之類的抱怨掛在嘴邊。雖然其實沒那麼累也沒那麼煩，但真正想說的話到了嘴邊就成了抱怨。讀到這裡，希望大家可以體諒一下這些苦衷，下次看到像我這樣的人時，不要再覺得「死氣沉沉的糟老頭，每天碎念著累死了、煩死了，實在有夠噁。如果他不是上司，真想拿石塊丟破他的額頭」，而是改以憐憫的心情，溫暖地看待這些無法暢所欲言的可憐生物。

我的名字是文子文雄，是一名年近五十歲的平凡上班族，在隨處可見的普通中小企業工作。如果要說我有什麼特別之處，大概只有長年持續寫著無聊文章吧？

儘管我在公司與社會的壓抑中失去自由，總是抱怨個不停，依然不想忘記在車站商圈脫到只剩一條內褲的氣魄。在工作上遇到惱人的事情就大方說出來，遭到上司職權騷擾就給他來一拳……腦海裡上演這樣的小劇場。但就算實際上做不到，我依然想在心底深處保有那股捲起袖子大幹一場的拚勁。

我在這樣的祈求中過了四十歲，終於發現即使人生黯淡無光，依然可以快樂過活的祕訣。事實上，正是那些在公司或家裡總是忍不住脫口而出的抱怨拯救了我。

上司與家人一直以來都警告我：「說這些消極的話也不會改善狀況，再繼續說小心我揍你。」於是天真又不懂得懷疑的我，曾試圖吞下牢騷與抱怨，忍受著不該承受的無理壓榨。我就像灰姑娘一樣忍耐壞心眼的後母與姊姊的權力騷擾，吞下大罵「臭老太婆！」的衝動，相信只要努力擦著地板，把訂做的玻璃鞋隨地亂丟，總有一天王子就會來拯救我。但這樣的信念遭到殘酷的背叛──狀況並沒有好轉。

嚴峻的業績目標與職權騷擾明明就不會消失，為什麼我非得默默忍受不可？既然如此，還不如把消極的抱怨盡情傾吐出來。結果你猜怎麼樣？當我抱怨時，怨念與憤怒累積而成的負面情緒也隨之排出體外，身心都變得更輕盈。我的一舉一動都化為人生遊戲中的代幣，一切都漸入佳境。事實上，多年來都是一般員工的我，在短短幾年內升遷了好幾次，成為部門的負責人。

幫助我改善人生的不是抱怨本身，而是「不累積負面情緒」，只不過對我而言，這個方法就是把「累死了」「煩死了」說出口罷了。這就是我活得更快樂的訣竅，是專屬於我的方法。希望本書的讀者，也能找到讓自己活得更快樂的祕訣。

要相信人生還有希望。往後的世界將不再需要與討厭的人打交道，也不再需要從事討厭的工作。每個人都能把時間花在自己想做的事、喜歡的工作上，世上的不合理、沒效率、不公平將會消失。不妨現在就想想，在這樣的世界中可以做些什麼事，過著什麼樣的生活。

本書幾乎原封不動地記錄我所發生的故事與怨念，以及克服負面情緒的方法，全都是我在生活中的實際感受。有人或許會批評：「我碰過更嚴重的狀況，作者未免太遜了，到底有什麼好累的？」或許也會有人忍不住笑出來：「呵呵，這一點也不辛苦啊。」

不過，比起體育界超級巨星或是財經界大人物，從我這種普通到不行的人身上，一定更容易發現多數人共通的困擾與煩惱。本書所寫的，只有普通人在普通生活中遭遇到的問題與麻煩，以及想辦法克服這些負面因素，努力活下去的姿態。如果閱讀本書的讀者，能夠從中找出線索，準備好各自的武器，懷抱著希望想辦法克服往後的人生，那就太好了。當然，假使只是因為覺得本書「太白癡了」而開懷大笑也無所謂，如果我上不了檯面的人生能夠搏君一笑，此生也就有價值了。

前人鋪的路也太窄了吧？

第1章

今天，無情的「遙控器爭奪戰」也正在這個國家的某個角落開打

星期天午後，身旁的老婆穿著網購的柔軟居家服，坐在網購的沙發上，盯著電器量販店買來的液晶電視，這是我家螢幕最大的電視。我記得日本人是農耕民族，但老婆的眼神裡卻閃爍著狩獵民族獨有的銳利，讓我想起國小老師的諄諄教誨：「歷史是掌權者竄改後的故事。」

老婆說不定就是被埋沒在歷史深處的狩獵民族後裔。附帶一提，這位老師辭去教職後不久，就搖身一變成為政治工作者，提出有點偏激的政見，參與地方選舉，最後就如多數人的預測，以極大的差距落選……傳入我耳中的風聲就到這裡，之後的消息就不得而知了，或許被當時的掌權者抹去了吧？

老婆緊盯著重播的推理劇，發出難懂又擾人的自言自語：「那個人就是犯人啊！」「在這裡會被殺！」「唉，動機好像是因為在公司被當成笨蛋。」我從這些自言自語中猜到，她已經看了兩次以上。同一個時段，別台正在播超人氣搞笑搭檔的美食節目。比起幾乎已經知道在演什麼的推理劇，美食節目不是比較好看嗎？畢竟接觸陌生資訊也能預防失智症，我可不想被「危險！那傢伙就是犯人！」「在懸崖邊等人一定會死！」「果然死了吧！」這類殺氣騰騰的自言自語消耗精神，我還想活得健健康康。然而，這只是癡人說夢，因為我家的遙控器完全掌握在老婆手上。換句話說，我沒有權利自由選擇喜歡的節目。

此時此刻，這個國家的某個角落，想必也正在發生激烈且不人道的電視遙控器搶奪大戰。不過，與我童年的一九八〇年代末期相比，戰爭數量已經大幅減少。家庭人數遠比當時更少，業者甚至還推出泡澡專用的電視，由此可知，現在已經不再是一個家庭只有一台電視的時代。除了電視，手機或平板等可以收看節目的裝置也已經普及。然而，就如同世界史是戰爭的歷史，遙控器的搶奪大戰絲毫沒有結束的跡象。

一般家庭只有一個客廳，而放在客廳的主要電視也只會有一台。如果客廳裡有好幾台同樣性能的電視，影像與聲音就會互相干擾，絕對會對身心造成不良影響（這讓我想起自己還是個屁孩的時候，曾把還沒改名為X JAPAN的X[1]的歌曲與暴風樂隊[2]的歌曲同時播放出來，結果聽到頭昏眼花）。電視機一般都兼具大尺寸的螢幕、清晰的影像、優異的音質，是家裡最強大的電器。身為現代人，既然要看，當然希望看家裡最強大的電視，而不是寒酸的小螢幕。

在過去一家一電視時代，遙控器爭奪戰攸關能否看到想看的節目，是場如古典詩歌般簡單直白的戰爭。盛夏午後，廚房傳來媽媽洗碗的碗盤碰撞聲。

「哥哥，我要看《頂尖超人》。」

「不行，現在正在轉播巨人隊的比賽。」

「《頂尖超人》！」

「巨人隊！」

兄弟間的戰爭，總是因為媽媽一句「你是哥哥，該讓弟弟」，而以弟弟獲勝作終。這場勝負早已注定的無謂爭執，洋溢悠閒的詩歌氛圍。

贏家雖然搶到了遙控器，心裡卻對被迫放棄想看的節目的輸家懷有歉意。一句心軟的「我們一起看嘛」，讓贏家與輸家沉浸在溫暖的氣氛裡。

相較之下，現代的遙控器爭奪戰，爭的卻是能不能在更好的環境中收看

1 編註：日本知名重金屬樂團，原名為「X」，一九九二年改名為「X JAPAN」。

2 編註：活躍於一九八〇至一九九〇年代的日本搖滾樂團。

節目的奢侈感與滿足感，因此戰況更加慘烈。現代家庭的每一位成員都各自擁有能夠收看節目的裝置。正是這樣的奢侈，讓搶到主電視遙控器的贏家口中吐出一九八〇年代難以想像的無情話語：「又不是看不到，你回自己房間看不就好了！」

能看就好了，輸家就給我忍耐寒酸的小螢幕！這個心態裡有地位之別，有優劣之分，卻沒有對輸家的同情與慈悲。

我與老婆定期上演的遙控器爭奪戰，最終爭的也不是勝負，而是地位，甚至是生而為人的優劣。生活當中微不足道的爭執，竟然演變成生而為人的優劣問題，太痛苦了。

我家客廳就像極為平凡的家庭，只有一台主電視，導致我與老婆的遙控器爭奪戰持續上演。不過，那真的稱得上是爭奪戰嗎？我沒有與老婆搶過遙控器的印象，遙控器很自然地始終由老婆霸占。

極少數的例外，只有東京養樂多燕子隊出場的二〇一五年日本職棒總冠軍賽、日本代表隊出場的世界盃足球賽，以及AKB總選舉。但可悲的是，就連這些全民賽事，我都得在下班後先去買知名甜點討好老婆，再誠懇地發表觀看這些節目的必要性、急迫性、適當性與合理性，費盡千辛萬苦才說服她暫時將遙控器借給我，而且還不是無條件借出。老婆撂下狠話：「如果你睡著了，就沒收遙控器！」強迫我繃緊神經。然而看比賽轉播的樂趣就是要邊看邊乾個一、兩罐啤酒，而且不管局面是勢均力敵還是一面倒，最後都舒服到打瞌睡啊！不被允許這麼做，還稱得上是娛樂嗎？

或許對老婆而言，遙控器不單只是「權利」，更是「權力」的象徵吧？「睡著了就立刻沒收遙控器」這句話裡，隱含對遙控器的執念與對權力的執著。

這時我腦中突然浮現出一個問題：至今為止，我已經活了不長不短的四十多年，如果去除某些異常的嫉妒與怨念，我的經歷平凡至極。在這樣的人生當中，我到底有沒有掌握過遙控器呢？

沒有。記憶中未曾有過。完全未曾有過。從出生到三歲為止，能選擇的節目雖然多少受限，但我還是擁有過選擇權，證據就是一張拍下我一臉聰明地看著嬰兒節目的老照片，那是屬於我的美好時代。往後的四十年，我再也沒有握過遙控器。三歲那年弟弟出生，全家的重心都轉移到弟弟身上。請想像一下，一隻有點髒髒的老狗，和一隻毛茸茸又天真的小狗被丟在你家門口，你會覺得哪隻比較可愛呢？就這樣，我往後的人生持續被剝奪掌握遙控器的權利。在「你是哥哥」這個荒謬的理由下，我還被剝奪了許多樂趣，譬如任天堂與SEGA電視遊樂器。這完全就是歧視，才不是特定行為所造成的結果，而是順理成章、一回神才發現早已形成的歧視。沒有什麼比順理成章形成的事物更穩固，因為這是自然的情感與行為產物。

身旁的老婆正在觀賞推理劇重播，既然她禁止別人打瞌睡，應該也抱持著相應的覺悟和注意力與推理劇對峙，但她才看不到一個小時就頻頻打呵欠，眼神也變得空洞，眼皮闔上的時間越來越長。我故意大聲說：「咦？這間飯店是不是也在別的節目出現過？」於是老婆突然像被電擊棒電到般劇烈抖了一下，睜大眼睛，回答一句放諸四海皆通用的「嗯嗯，可能是！」這麼一來，即使根本沒聽清楚前一句話，也能平安過關。

想必也會有人建議我向老婆協調雙方掌握遙控器的時機。這是個正確的建議，但正確的建議不一定能導向正確答案。說話要看時間、地點與場合。基層員工很難用正確的建議反駁掌握權力的人，這就是地位的差距。舉例來說，當主管在公司練習高爾夫揮桿姿勢時，你敢當面建議他：「你現在沒在工作吧？不如把你的職位暫時讓給我，我會做出符合這個職位的成果。」說不出口，權力就是這麼可怕。之所以不敢對老婆說：「如果你睡著了，我就看別的節目。」正是因為這句話將會引發災難，說得更具體一點是害怕老婆心情變差，扣我零用錢。掌權者不管多麼任性妄為，都無法可管。

我已經放棄了，遙控器永遠不會來到我的手上。只要理解「放棄能夠帶來和平」，那麼放棄就不一定是壞事。這個國家的某個角落，至今仍發生著各種爭端，必須費盡千辛萬苦才能維持和平與秩序。而讚頌和平與秩序的紀念碑，就建立於無名敗者的淚水與放棄。

別再閱讀空氣了！

日文有個詞叫「閱讀空氣」，指的是觀察現場氛圍，謹慎地發言及行動。

空氣原本是用來吸的，不是用來讀的。但曾幾何時，人們卻從呼吸空氣變成閱讀空氣，這樣的改變讓人驚訝不已。到底是從什麼時候開始的呢？即使我拚命搜尋記憶，仍然摸不著頭緒。

從前只有呼吸空氣這個選項。自從進入連空氣也需要閱讀的時代，像我這種不擅長讀書的人，就一直活得很艱難。

如果沒記錯，在我小時候，也就是綻放無限光明的一九八〇年代，從來沒聽過有人要求別人閱讀空氣。或許因為我當時只是個小孩，不會遇到這種狀況。總之，當時空氣還只是一種用來吸吐的物質。

或者，也可能是因為我的家人與朋友都懂得自行閱讀空氣，讓我免於需要這麼做的狀況。畢竟我曾經是個討厭鬼，又喜歡挖苦別人。「挖苦與諷刺的化身，竟然人模人樣地穿著衣服呢！」我在父母這樣的稱讚中長大。就算朋友要求我閱讀空氣，我應該也只會一臉天真地回答：「讀空氣？空氣是用來吸的吧？你說要讀空氣，難道上面寫了什麼嗎？不然你先讀完眼前的空氣，再告訴我上面寫的內容，讓我參考一下。快讀啊！怎麼不讀呢？」真是個讓人想抓起來痛打一頓的討厭屁孩對吧？

所以閱讀空氣的行為，可能就是在我這個麻煩屁孩遭到朋友疏遠排擠時開始普及。一想到自己連被別人嘲笑「那傢伙直到現在都還以為空氣是用來吸的呢」都不知道，傻呼呼地獨自吸吐著寂寞的空氣，就很不甘心。

閱讀空氣這項行為入侵我的生活至今，已經過了二十多年。第一次被要求讀一下空氣時，我感到非常困惑。「讀空氣？我沒聽錯吧？」這是我的第一印象。後來理解意思與用法後，不禁覺得這句話還真好用。

意思相近的詞彙應該是「察言觀色」吧？但是察言觀色帶有聰明靈巧的語感，也就是若無其事感受現場氣氛，避免對方感到異樣，而閱讀空氣卻像是在大肆宣揚：「來吧！快把積極觀察氣氛的態度展現出來！」

換句話說，閱讀空氣除了觀察氣氛之外，還必須大張旗鼓地宣傳這個行為，拉攏其他夥伴，創造更龐大的勢力，藉此對麻煩的少數意見施加「聰明人就該知道怎麼做」的壓力，讓事情圓滿收場。但就我來看，這種要求對方揣摩自己的心思，卻包裝成尊重對方主體性的做法，實在太刻意。

我經常在開會或討論等存在著三方以上的關係的場合，聽到閱讀空氣這個詞。舉例來說，當會議接近結束的時間，輕鬆的氣氛開始在會議室內擴散開來，所有人腦中都在盤算：「終於結束了！」「好想去廁所。」「午餐吃什麼好呢？」這時，突然有人一本正經地提出反駁或其他方案，導致會議大幅超過預定結束的時間，事後一定會被抱怨不懂得閱讀空氣。

或者在會議即將決定方針或是得出結論的時間點，大家開始覺得：「太好了！總算解決麻煩的問題了！」或是問題尚未解決，但與會者們都覺得：「趕快結束吧，畢竟我也不想負責啊。」打算逃避責任的時候，突然有人表示：「會議停在這個不上不下的地方，沒辦法解決最根本的問題吧？」並把結論推翻，這個人在事後也一定會被檢討不懂得閱讀空氣。

一般而言，開會時討論越熱烈越好，問題能解決最好。但在這些例子當中，「熱烈討論」與「明確的結論」卻非常不受歡迎。換句話說，閱讀空氣是一種「比起做出有意義的結論，更重視維持團體秩序」的想法。日本社會向來缺乏個體的觀念，或許可說是培養這種歪風的最理想環境。

最近這股風潮越演越烈，甚至演變成「讀吧讀吧讀空氣大合唱」。但大家不覺得有點不對勁嗎？確實，維持當下的和平有益於身心健康，但如果閱讀空氣的目的是為了配合周遭氣氛而刻意不發表意見，這不就像是自發性強迫自己閉嘴嗎？如果只顧著閱讀空氣，將會抹滅自己的存在，必須好好斟酌閱讀時機。

當然，閱讀空氣在某種程度上是必要的，因為這可能成為讓別人接受自己意見與想法的有效手段。譬如在開會的時候，經常遇到這種情況：雖然彼此意見有點相左，但既然大方向相同，就姑且先贊成。此時最好先配合大多數人的意見，等大方向確定後，再主張自己的想法。這麼做比較保險，至少遠遠好過把焦點擺在瑣碎差異，甚至放狠話：「雖然對各位來說這樣的差異微不足道，對我來說卻跟牛肉與豬肉一樣天差地遠。」導致最後遭到排擠，寶貴的意見就此斷送在無言的黑暗中。

另一方面，有些壞人會濫用閱讀空氣的機制，也就是所謂的揣測上意。我曾因為過度閱讀空氣而嘗到苦果。我以前的主管會逼迫部下閱讀空氣，這樣他們就能做壞事又不弄髒手，因為把手弄髒的是我們這些部下。

誰都不想被討厭，這畢竟不好受。但在工作上，有時會遇到必須被討厭甚至被憎恨的狀況。只要對部下打出難看的考績，無論再怎麼細心考慮對方的心情，告訴他「這麼嚴格是為你好」，都會成為部下無法原諒的對象。只不過是工作而已，不想被怨恨、被討厭也是理所當然的。但正因為是工作，有時也必須勇於被討厭。

有些壞人會讓別人扮黑臉。舉例來說，如果不當機立斷裁員，公司就會倒閉。但是高層基於不想被討厭的心態，還想保有安心走夜路的生活；還想在看到家扶基金會的公益廣告時流下善人的眼淚；想要維持和平日常，於是即便做出裁員的決定，卻讓我們這些部下代勞，把我們推上傳達裁員旨意的第一線。在我們看來，這些公司高層根本是脆弱的草莓族，極度害怕被厭惡，卻因為不想被貼上這樣的標籤而濫用閱讀空氣的機制。

高層試圖讓我們讀懂空氣，率先開口：「公司決定裁員了。」

「真是太糟了。」

「真的很糟。接下來必須精查整間公司，選定裁員的對象。」

「這麼重要的任務會交給誰呢？」

他們說出了一個名字，但這個人在公司裡也是出了名的容易崩潰。接著，他們會抬頭望向虛空幾秒後，把視線移到我身上，自言自語似地說：「他應該撐不住吧？如果發生什麼事我們也承擔不起，他的孩子才剛上幼稚園呢……」彷彿就像在催促我：「喂喂，趕快讀一下空氣啊。」

我承受不了良心苛責，自告奮勇地扛起了通知裁員的重責大任。我閱讀了空氣，結果卻犯下大錯：我遭到被裁員的人威脅，他說死都不會放過我；高層看到裁員進度落後，也不合理地斥責我：「進度怎麼這麼慢！你該不會害怕被部下討厭吧？」當時，如果能對空氣視而不見就好了。後悔、壓力、以及未顯示號碼的恐嚇電話，至今依然折磨著我。

讀到這裡，我想大家都已經知道閱讀空氣絕非讓一切順利運行的特效藥。我深深覺得空氣應該是用來吸的。也就是說，我們不該「解讀」現場的氣氛，而是要像把現場氣氛吸入體內似地，直率吐出結論——這是先發制人的「呼吸」。舉例來說，當會議陷入僵局，沒能找出任何解決方案，現場卻已經洋溢著懶散氣氛時，就大膽吐出：「雖然大家都不想承擔責任，希望會議就此告一段落，但如果這時候不多堅持一下，之後還是必須再次開會，到時候狀況只會比現在更糟糕。」換作是剛才被迫轉達裁員消息的狀況，現在的我，就會直接說：「想把這項任務交給我的話，就好好說清楚。我知道你不想被討厭，但是請不要逃避自己的責任。」

就像這樣，把閱讀空氣變成呼吸後再吐出來，確實可以稍微遏止當今敷衍了事的壞習慣。但是，如果這時候還是被要求讀一下空氣，那就束手無策了，閱讀空氣在這個時代就是如此所向無敵。閱讀空氣的行為若發展到極致，甚至可能陷入膠著，宛如劍豪比試互相預測對方會如何出招，而會議就會在彼此閱讀空氣的過程中無聲無息結束。算了，最後要是連無謂的對話都不需要，似乎也不錯。

什麼工作都有人幫你代勞的話

「離職代理」服務在日本掀起一陣小小的熱潮。很多人雖然想辭去工作，但直接向上司提離職的壓力太大、太痛苦；或者是個性容易心軟，一被挽留決心就會動搖；或是已經失去工作動力，去公司成為一種折磨……有這些困擾的人，就會使用這項服務。業者接到當事人的委託，確認匯款後，就會公事公辦地透過公司網站聯絡：「山田先生將要離職，請為他辦理離職手續，今後也請不要直接聯絡當事人。」接著，當事人只要把員工證、保險證、置物櫃鑰匙等寄回公司就大功告成。

「我們公司都是勇者，才不會有人使用這種小家子氣的服務呢！」那天，我才剛說完這樣的大話，公司就傳出有員工使用離職代理服務。我從新聞得知每逢連假前後，使用這項服務的人便會急遽增加，而且用戶數今後似乎還會繼續攀升，真是冰冷的時代啊！

彼此無法互相理解，即使當面溝通也很可能留下遺憾，例如上司與部下在道別前夕露出醜惡嘴臉，情緒化地互罵：「你這樣說走就走，不會造成我們的困擾嗎？」「煩死了，從現在開始，你就不是我的上司，只是個普通的糟老頭。閉嘴！臭禿子。」如果離職代理服務能避免這齣鬧劇，似乎也不錯。

不敢離職的心情，造就了離職代理服務的誕生，而這樣的心情源自於麻煩與歉意。麻煩是因為都已經不想待在公司了，為什麼還非得顧及公司的立場不可呢？換句話說，只要把焦點擺在自己的心情，狀況就會變得棘手。而另一方面，也有人是因為懷抱愧疚與歉意而難以開口提離職：因為知道上司與同事對自己抱有期待，所以感到抱歉；知道自己如果不在，將導致工作無法順利運作，造成別人的困擾，所以感到抱歉；知道大家這麼照顧自己，卻做出這種近乎背叛的決定，所以感到抱歉。

「都已經決定不幹了，還要與公司協調，真是太蠢了。這麼做沒有意義，只是麻煩而已。」若是抱持這種想法的無情員工，不妨就毫不猶豫地使用離職代理服務，展翅高飛吧！我真正在意的是那些因為歉疚而使用離職代理服務的善良員工。

「如果自己辭職，或許會發生不好的事情。」有些人之所以會產生這樣的念頭，是因為認為自己在公司裡有著無可替代、獨一無二的價值，擔心自己不在會影響工作，甚至認為自己背叛同事。但我認為完全不需要因此受到良心譴責，因為很遺憾的，獨一無二的價值並不存在。穩健經營的公司不會因為一名員工離職就深受衝擊，很快就能填補這個空缺。反過來說，會因為一名員工離職就難以經營的公司才大有問題。

即使是擁有無可取代的價值、足以出版商業書的明星經營者、超級業務員、重量級經理人，就算辭職，公司也不太可能會因此破產。或許業績會暫時下滑，但我從來沒聽過哪家公司因此突然倒閉。既然如此，公司更不可能因為平凡的我們辭職而遭遇重大危機，所以不需要愧疚。一旦決定離職，就別想太多，透過離職代理服務瀟灑離開吧！我個人雖然覺得付錢給離職代理很浪費，但既然有人不惜付出這筆錢也要走人，那就算了，高興就好。

另一方面，有人認為在婉拒錄取的時候，應該親自前往願意錄用自己的公司表達感謝。當然，親自前往對方公司婉拒錄取的難度，遠比辭職要高得多，因為這是直接拒絕對方的善意，還連帶表達「我再也不想見到你」的意思。或許你夠幸運，對方剛好擁有重度被虐傾向，覺得「被拒絕好爽！真是太棒了！」但這種情況畢竟極為罕見。通常對方在對你表達祝福的背後，其實潛藏著滿溢而出的怨念，認為你在浪費他的時間，就算詛咒你「第一天上班就對公司絕望，最好到死都後悔踢掉我們公司」也不足為奇，畢竟大家都討厭被拒絕。

一般求職過程中，新鮮人會透過就業說明會等管道蒐集資訊，找到嚮往的業界或企業，擅自想像「這間公司有出色的待遇、全球化的事業發展、舒適的工作環境、亮眼的成績、牙齒亮白的前輩，真想來這裡工作！在這間公司絕對能做出不錯的成果，發揮我無限的潛力」，並將「我對貴公司貢獻社會、創造感動的宗旨深感共鳴」等打動人資主管的噁心文章複製貼上，主動投遞履歷。接著在通過文件審查後參加面試，強迫自己嘴角上揚，露出顏面失調般的笑容，介紹自己的應徵動機，吹噓自己在學生時代無論是學業、志工活動或社團活動都積極帶頭，從中培養出領導力，最後再浮現陶醉的表情，熱情描述自己未來在這間公司工作的前景。公司也深深被求職者的話語感動，覺得如果是這種典型的天真新鮮人，絕對能夠乖乖為公司工作，當個毫無怨言的小齒輪。最後大家意見一致，發出錄取通知。換句話說，這是求職者策略性贏得的錄取，而婉拒錄取就是用「其他公司比較有魅力」這種單方面的理由，推翻自己先前的表現。這種情況下，即使是心理素質強大的人，要親自前往該公司傳達婉拒之意，還是會壓力大到胃穿孔。

「婉拒錄取時，最好直接前往該公司當面拒絕並表達感謝」——有這種想法的人，到底嗑了什麼啊？如果婉拒錄取的求職者直接當面對我說：「很感謝您給我這樣的機會，但非常抱歉，請讓我婉拒您的厚愛。我找到了待遇遠高於貴公司的職缺，而且對方也錄取我了，所以我無法接受貴公司的邀請。這不是任何人的錯，只不過是我得到了更好的機會而已。但是我仍然心懷感謝，因為感謝是高尚的行為。」我說不定會不自覺地給他一記右直拳。

我反對暴力，為了避免招來恨意，最好還是割捨情緒，一切公事公辦。就當作沒有緣分，把希望賭在下一個人身上。認為「婉拒時應該親自表達感謝」的人，應該是對於時下公事公辦的風氣感到寂寞得受不了，才產生這種奇怪想法吧？他們內心的OS大概是這樣的：「現代人只注重效率與生產性，彼此只剩下機械性、事務性的往來，談生意時也不再聊聊最近的天氣、孩子的成長等閒話家常，連離婚申請書都直接擺在早晨的餐桌上。在這個艱困又難以信任的世界，你要拒絕錄取也無所謂，但我寧願相信至少你在那場面試中所說的話是真心的。所以希望你能夠直接看著我的臉，表達你的感謝。這樣我就能夠接受這個結果，安心瞑目了。」這是什麼自以為是的噁心想法啊？完全沒有考慮求職者的心情。就算最終選擇婉拒，對方想必還是心懷感謝，但表達謝意應該是基於自身意志，而不是被誰強迫的行為。

往後的社會，像這種「提離職」或「婉拒錄取」等可能對身心造成負擔的行為，應該都會委託第三者代理吧？這麼一來，就能不帶感情、公事公辦地爽快結束。我推測，這樣的無情趨勢將會快速發展，未來或許將成為連感情都能代理的社會。換句話說，在必須顯露歡喜、悲傷或感謝等情緒，卻又覺得這麼做太麻煩的時候，就會將感情委託給第三者代理。譬如現在婉拒錄取的方式通常不帶感情，只要一通電話就結束，或是聯絡業者代為處理，但這麼做太過冷淡了，因此未來將會發起加入適度感情的運動。在不久的將來，或許將會由感情代理業的員工，代替當事人直接前往發出錄取通知的企業，以眼淚與熱血的演技，向負責人傳達當事人的感謝之意：「這次雖然不得不婉拒錄取，但我非常感謝貴公司發給我錄取通知。我一輩子都不會忘記這份感謝的心情！」透過專業人士逼真的演技，表達一通電話所無法傳遞的感謝之情，企業方面也比較能夠接受吧。

根據我的預測，往後的標準做法將不是捨棄感情，而是連表現感情都委託他人代理。畢竟已經有「租賃男友」這種行業了，有感情代理的服務也不足為奇。不久的將來，或許在更日常的情況下，譬如家人與夫妻間的細微情感交流，也能夠透過第三者來代理。只要平常就透過感情代理業者傳達對配偶的感謝之情，告訴對方「我一直都很感謝你」「今天也謝謝你」，那麼夫妻彼此互罵「真搞不懂你是怎麼想的！」「你這個不講理的爛人！」等醜惡爭執應該也會消失。這項服務的實際使用感想，應該會這樣的：「跟老公說話好麻煩，累死了。但是如果放著不管，他又會生氣。對了，就委託情感代理吧！喂喂？我想再訂一次之前的方案，對，就是『每天上班辛苦你了』的選項，可以再加購『孩子們也很感謝你』嗎？請幫我送去老公的公司。」雖然不知道這到底還能不能稱得上是感情，但既然能夠避免麻煩，就不要計較這麼多了。

敬啟者，下午五點五十九分的炸彈客

某月某日，下午五點五十分，距離六點的下班間還有十分鐘。我在今天最後一次檢查信箱，沒有未讀信件；接著確認明天的行程，運用「寫信給未來的自己」的訣竅，將待辦事項寫在便利貼上，並貼到電腦螢幕旁；還剩五分鐘，我環視業務團隊的辦公空間，有人正在打電腦，有人閒到已經開始滑手機，也有人正在翻桌上的日曆，一切如常。

公司裡有些人會明目張膽地看扁你。棘手的是，他們巧妙地隱藏自己的輕蔑，讓你很難事先察覺。

這時還不能大意，因為定時炸彈通常在下午五點五十七分——也就是下班前三分鐘前才會引爆。距離下班時間只剩三分鐘，這是一顆要求你在極短時間內解決急件的無情炸彈。放置炸彈的犯人，就是坐在對面，比我大了將近十歲的部下。我伸長脖子觀察他的狀況，他正在看記事本，桌面已經收拾好，看不出設置炸彈的跡象。

大約在一個小時前，下午五點左右，我出外洽公回來，經過部下座位時偷瞄了一眼，他正在上網研讀支持的職棒球隊資訊。比賽六點開始，他早在一個小時前就開始查資料。先發名單、先發投手的防禦率、敵對球隊的情報、在二軍力爭上游的黃金新人成績……比賽前必須確認的項目，就和NASA發射的火箭一樣多。如果他工作時也能這麼認真就好了。

我實在很想對他說：「拜託你趁著天還沒黑時工作好嗎？」但還是用力忍住了。他的業績沒有達標，就現狀來看，未來並不樂觀。他也不像漫畫《美味大挑戰》的主角山岡士郎那樣，擁有足以賭上公司未來的優異絕技。我在幹部會議中幾乎每次都會被問到：「那傢伙怎麼樣？做得到嗎？有希望嗎？」而我不只一、兩次想要乾脆回答：「完全沒希望，請把他調去別的部門。」

但是我做不到，我扮不了黑臉。我的腦中浮現幾個月前，下班後在居酒屋痛飲啤酒時的情景。那時，他眼神清澈地說：「我很喜歡這份工作。」「最近送孩子去上私立學校，要是因為調職而改變生活或減薪就糟了。」然而他卻未曾體諒我的心情。我對他依然抱持著一線希望，幻想著他要是能察覺我的苦心就好了，這樣的自己實在太愚蠢。

現在，他甚至明目張膽地在公司看棒球資料，連裝也不裝一下。說好聽一點是太閒，說難聽一點就是摸魚。看來今天沒有即將引爆的定時炸彈，畢竟他還有餘裕查詢棒球資料，表示今天可以安全下庄。但是還不能大意，炸彈恐攻的危機尚未完全解除。忘記是什麼時候了，某天他雖然也在偷看棒球資料，同時卻裝設了特大號的定時炸彈。那天下午五點五十七分，就在我腦中閃過下班兩字的時候，原本看似悠閒的他，突然對我說：「可以打擾一下嗎？」剛剛明明看起來那麼閒，為什麼現在才來找我啦！你是在搞笑還是在找麻煩啊？我的疑問全部化為一個問句：「嗯？現在嗎？」他當然沒有聽懂。

他向我坦白：「部長，非常抱歉，我剛剛跑完業務回來，停車時不小心在公務車的側面刮出一大道傷痕。」

「你幾點回公司？」

「下午四點半。」

「現在幾點？」

「下午五點五十八分。」

「這一個半小時你都在做什麼？」

「煩惱。」

真是太難搞了。

接著從他口中甚至還驚人地吐出原本該是我說的話：「必須在今天內向總務部提出事故報告。」我對他已經完全絕望了，這個人完全搞不清楚查職棒資料跟事故報告哪件事比較重要、哪件事必須立刻處理。接近六點時，工作能量早已幾乎耗盡，他大概覺得只要拖到快下班才向上司報告，精疲力盡的上司也沒力氣罵人吧？這樣的效果或許就是他的目的。之所以會這麼想，是因為炸彈的內容物全部是壞消息，從來沒有過好消息。麻煩的是，他幾乎每個月都會有一天抱著炸彈，並在下班時按下引爆鈕，已經是慣犯了。

下午五點五十七分，他依然沒有動靜，看來今天沒有炸彈，不該胡亂懷疑他的，真抱歉。我收拾包包準備進入下班模式，今晚就來點烤雞肉串配生啤酒吧！

就在這時候——

「部長，可以打擾一下嗎？」

我聽到了炸彈客的聲音。

下午五點五十九分。他變得更加過分，不只拖到最後一刻才按下按鈕，炸藥內容更是讓人絕望：「我忘記報名您交代的案子，截止日期過了，我們無法參加。該怎麼辦呢？」能怎麼辦，就涼拌啊！這什麼白癡問題！比起忘記報名，更嚴重的是為什麼每次都拖到快下班才來稟報吧？誰都會失敗，也都會把事情搞砸，但我無法原諒這種耍小聰明的態度，分明是看準了只要拖到最後一刻才坦白，上司一定會覺得：「算了，也不是什麼人命關天的事情，都這個時間了，隨便吧。」於是我拋下一句：「你回去整理一份檢討報告，順便想想為什麼明明有這麼多時間，卻拖到最後一刻才告訴我，明天一併向我報告。先走一步了。」說完後就瀟灑地離開公司。如果認真面對他，瘋掉的可是我。

像我們這樣的凡人，無法同時進行多項計畫，只能依照重要度或優先順序逐一處理。

有些超級業務員會主張：「沒這回事，我現在同時處理十五件案子呢！」但如果仔細觀察他們工作的狀態，會發現他們在每個瞬間都只處理單一案件，只不過切換速度非常快而已。雖然這絕對是超人般的工作術，但嚴格來說並不是同時進行，人類並沒有被設計成這麼方便。有能力的人能夠高速切換，「幾乎同時」進行多項工作。但是大多數凡人只能根據重要度與優先度排定工作的處理順序，老老實實地依序進行。

判斷工作的重要度相對簡單，只要國小程度的能力就做得到，因為從牽扯到的金額高低就多少能夠分辨重要性。但如果是老闆交代的工作，無論金額多寡都必須優先進行。至於那些拿人情來盧小小，跟你說「上次不是幫過你嗎？這次也通融一下，先幫我處理嘛」的同事或客戶，依據日後的往來情況，重要度也會隨之提升。判斷基準非常單純而明確。

排定優先度就很困難了，因為該以什麼為優先，每個人的想法完全不同，甚至有人會優先處理心儀對象拜託的工作。我就認識這樣的勇者，竟把上司下令的工作丟在一旁，優先處理美女客戶的工作，最後因為沒處理好上司交辦的工作而失勢。我去安慰消沉的他時，他卻一點也不後悔。從他身上可以窺見男性守護寶物的志氣，真耀眼啊。後來，他如願與那位美女交往，最終卻以互相咒罵的分手收場，愛情的結束總是令人感慨。

炸彈客部下也理解報告的重要度。就是因為理解，才會害怕報告帶來的後果而扭曲了優先度。於是他採取了最壞的做法，把「報告」拖延到「確認職棒資訊」之後。由此可知，排定工作的優先度相當困難，一旦判斷錯誤，事態將只有惡化一途，不可不慎。

不過排定優先順序有個簡單的方法，那就是屏除自己的年齡、立場、情緒等所有因素，優先處理現在必須做的事情，換句話說，就是如果現在不做，將導致嚴重損失的事項。損失很可怕，讓人想要尖叫，但請趁著還有餘裕尖叫時，忽略心裡「好煩」「好可怕」的聲音，優先處理預期將帶來嚴重損害的事情。

套用到剛才的炸彈客身上，那就是如果現在不向上司報告自己的失敗，將遭到上司嚴重斥責，導致考績變差，所以必須優先處理。至於職棒資訊就算不確認也沒什麼損失，之後再查也無所謂。我想表達的是，排定工作的優先順序時，必須創造另一個沒有情感的自己，仰賴這個自己進行判斷，否則將受情感影響，導致優先順序本身失去意義。

在私生活當中，每個人都可以自由決定現在該做什麼事情。即使如此，還是必須以此刻才能做到的事情為優先。舉例來說，雖然「搭乘豪華郵輪環遊世界」或「參加社區槌球大賽」是很棒的經驗，但因為上了年紀以後也能做，等老後再參加就好了。畢竟在精神、體力都年輕健全的時候，把自己困在不過數百公尺長的船上，或占地僅幾十平方公尺的草地，無疑是種損失。我們對於現在才做得到的事情必須有所渴求。最近我的精神與體力都明顯衰退，更加強化了這樣的想法。

最後，我想寫封信給炸彈客。

敬啟者，下午五點五十九分的炸彈客：

拜託你不要再隨便設置炸彈了，請認真面對現在必須處理的事情。被炸彈炸飛的只有弱到不行的我，你則躲在安全的地方，笑著看我被炸飛的身影，這些我都知道。在平成結束到令和開始的這段期間，你在下班前最後一刻引爆的炸彈共計有六顆，我已經忍無可忍了！

#危險怪老頭

「生氣和訓斥不一樣！」

「為了避免消耗年輕人與部下的動力，不能情緒化地發脾氣，而是要有技巧地訓斥。」

最近開始聽到這種論調的呼籲，這是很棒的改善方向。畢竟除非是體質特殊、一被罵就興奮的人，否則誰都不喜歡被當成發怒的對象。我也不喜歡生氣，畢竟生氣會害對方難堪，招致怨恨。如果因為生氣而衍生出麻煩與糾紛，譬如遇到家門口被傾倒大量垃圾等騷擾，這也不是我所樂見的。而且生氣時的猙獰表情，還會加深眉頭的皺紋與臉上的法令紋，我希望盡可能避免，畢竟抗老是中年男子的第一要務。

不過，我非常受不了「用訓斥取代生氣」的時下氛圍，甚至因此胃痛不已。畢竟兩者雖然感覺類似，其實完全不同——生氣無法用訓斥代替。

過去日本好像曾經出現過熱心的「雷公大叔」，只要鄰居孩子犯錯，雷公大叔就會斥罵他們。我之所以用「好像」，是因為在一九八〇年代度過童年時期的我，並沒有遇過雷公大叔的經驗。雖然在附近空地打棒球時，曾有一位神祕大叔對我們怒吼「吵什麼吵！害我聽不到電話啦！」但當我回憶這位大叔時，想起來的只有嗑了什麼似的反社會氣質與小題大作，不會產生「令和時代就是需要這種大叔」的期待心情。

話雖如此，雷公大叔這個詞聽來完全沒有合理訓斥的感覺。畢竟轟隆轟隆的雷公，完全不會給人冷靜判斷要在何處落雷的印象，反而讓人聯想到情緒化的震怒。或許因為過去日本曾是允許大人露骨地對鄰居孩子發怒的社會吧？但現代社會已經沒有寬容到能夠接受別人情緒化地發怒了。如果我順從自己的怒氣，對深夜在附近公園吵鬧的高中生大吼：「吵死了！你們這些小鬼！」大概會被嘲笑「這大叔真囉嗦」，然後被剪輯成對他們有利的影片，附上「#危險怪老頭」的標籤上傳到網路，最後遭到鄉民公審而躲在家裡不敢出來吧？活在這樣的社會如此困難，才會產生試圖將憤怒轉變為訓斥的氛圍。

「訓斥而不生氣」，表示必須切割情緒、控制自己的心情，不能因為他人的失敗而煩躁，即使煩躁也不能表現出來，要以冷靜的態度應對，換句話說就是壓抑激動的情緒。這麼做將成為壓力，讓你離不開胃藥，直到胃藥也失去效力，飛奔去醫院檢查才發現長出胃息肉，接下來只能向神明祈禱息肉是良性……這樣的人生真是殘酷。

誰都不希望事態演變成必須向神明祈禱息肉不是惡性的狀況，但就立場來看，有時不罵又不行。我們中階主管責罵部下不是為了發洩平常累積的鬱悶，而是在消耗生命。但是「不要生氣，巧妙訓斥」的論調，不禁讓人覺得過度尊重犯錯者或失誤者的人權，發怒者或訓斥者的人權卻反而遭到忽視。

我有時也想要情緒化地發脾氣。我曾有位同事易怒到不尋常的地步，只要發生任何不如意的事就會開始發脾氣，不是猛敲話筒發出噪音，就是用膝蓋踢椅子或垃圾桶，還會一邊碎念：「搞什麼鬼，我是造了什麼孽才會遇到這種事……」周遭的人都怕他，最後莫名其妙給了他準貴賓級禮遇。如果交付太難的工作害他生氣，事態就會變得很麻煩，所以他負責的工作都很簡單，可以盡情享受輕鬆的職場生活。我覺得他真的生氣得很聰明。

我就算想要聰明地生氣也做不到。就算生氣了，與生俱來的沉穩個性、教養良好的禮貌用詞、具有喜感的長相也會成為阻礙，讓我看起來不像生氣的樣子。步入中年，我變得越來越穩重，即使發現年紀比我小的同事有點看不起我，對我說「請部長用懷舊的品味、僵化的觀點與爭取預算的能力好好帶領我們」，也只是有點不爽，還不到生氣的地步。

這就是需要好好斥責的時候了，但我卻無法產生出言訓斥的心情，這是日本教育的失敗。都已經出社會大約二十年，才突然要求我「請壓抑情緒，有技巧地訓斥吧！」未免太強人所難。不過，就算哭訴「學校又沒教我怎麼有技巧地罵人」也沒用，還是必須面對現實。我們只能自掏腰包，犧牲私人時間，找地方學習斥責的藝術。現在這個時代，如果學不會有技巧的責罵，只會情緒化地發洩怒氣，就會被認為是職權騷擾而失去立足之處；在少子化高齡化社會中，更必須懂得有技巧地責罵年輕人，藉此振奮他們的士氣。面對這樣的現實，只有弱者才會一味抱怨學校又沒教。我甚至覺得，去SM女王俱樂部學習怎麼罵人說不定還比較快，畢竟女王是罵人的專家。邊被女王抽打臀部，邊聽她斥責：「蠢豬，你的道歉呢？」絕對能在連連道歉中自然透過身體學會責罵技巧。雖然說不定會從「你什麼時候從豬變成人了？」「對不起，噗噗！」的對話中發展出其他的可能性，不過這也是人生。

就算去ＳＭ俱樂部向女王學習責罵的方法，有時候也還是盡情生氣比較好。因為女王在身為責罵專家的同時，也是善於控制情緒的專業人士（附帶一提，就算在蠢豬蠢豬的責罵中萌生愛苗，向女王告白，也只會被她冷靜地以「這只是工作」為由拒絕）。我們這些外行人，最好在鬱悶與壓力超過臨界值前發洩怒氣，否則說不定會發瘋。如果在「對不起，噗噗」的過程中，因為太偏向豬的心情而失去人性，將會連生氣的情緒都消失，變成一頭真正的豬。生氣需要練習，突然動怒會造成問題，不妨先把附近的石頭或電線桿當成惹你生氣的對象，試著讓情緒爆發出來。這個社會對於那些對著電線桿碎碎念的人非常寬容，即使我在半夜對著電線桿說話，也從來沒被附近居民抱怨過。

話說回來，其實我沒有資格談論生氣有多麼困難，因為我最近發現，自己似乎是惹別人生氣的那一方。每天惹家人生氣、被家人責罵，才發現原來自己才是一直被罵的蠢豬。說不定當我被卡車載去屠宰場時，嘴裡還會哼著

〈多娜多娜〉[3]呢！

「你知道我為什麼生氣嗎？」「知道啊。」「我看你根本不知道吧？」「我知道。」「不，你完全不知道我為什麼生氣，看你一臉就是不知道的樣子。」我就是在這樣的對話當中，發現自己才是惹別人生氣的那一方。日後我還是認清自己的角色，為了身邊親友的身心健康，當個任人發怒的出口。這或許就是我誕生到這個世界的意義。

3 編註：描述一頭牛被牽往宰殺時情景的猶太戲劇歌曲。

美好的世界，把我折磨得好苦

第2章

抓你去測謊喔！你這個渾蛋！

身為一名上班族，即使約後輩喝酒被拒絕，也不會每次都放在心上。因為在上班族的生活當中，被拒絕是家常便飯，而且拒絕的理由通常都有固定模式，譬如「阿嬤過世了」「今天肚子痛」「已經安排其他事情，無法參加」等，所以大多數理由也不會在腦中留下印象。人類不會記得無聊或沒興趣的事情。不然你想想，有多少歷史年號或數學公式被拋到記憶的彼方呢？後來我發現，這些拒絕的理由經過分析後，都可以歸結為「因為有事，無法參加」的固定模式，這不禁讓我感到索然無味。被拒絕的人多半也不會深究，但心知肚明對方就是在找藉口開脫。其實，稍微多花點心思，增加一點變化，或許會給上司、前輩更好的印象吧？

極少數的勇者會直接說「我不想去」。一直都用這種方式說話的人，想必會招致反感，我猜應該是活得不耐煩了；而被以這樣的方式拒絕，多數人或許也會大吃一驚，覺得「有必要這樣嗎？」不過，撇開這點不談，「不想去」這個理由背後是優先考量拒絕者的情緒，而非喝酒聚餐的行為，就這點來看，和「阿嬤過世」是相同模式。至於「我對你沒什麼好感，所以不想去」則是「我不想去」的向下兼容模式，雖然這樣的理由有點像在引戰，但同樣也是優先考量自身情緒。更進一步來看，「我對你沒有好感」展現出挑釁的態度，因此將衍生出喝酒聚會之外的棘手問題，等待的將是調職、降級、減薪等迫使你逐漸淡出職場的黑暗未來。一般人應該很難接受這種拒絕理由，但是我卻買單，因為我自己在拒絕上司邀約時便經常使用，我不知道說過幾次「我為什麼要和比芹菜更討厭的你，一起去喝酒呢？」

被拒絕的一方，也有固定的回答模式。大致可分成三種：裝沒事，回答一句「好喔」就敷衍過去；或是用「下次再約你」提供下一次機會，展現寬宏大量；以及用「下次不找你了喔」這種可以解釋成真心話，也可以解釋成開玩笑的威脅，對後輩施加沉重的精神壓力，動搖其心志，藉此展現自己的權力與地位。不追究拒絕理由的真假，是大人的默契。不過當對方的父親在這個月倒下第三次的時候，還是會忍不住吐槽：「抓你去測謊喔，渾蛋！」

前幾天，我約其他部門的年輕職員去喝酒，因為他最近看起來像喪屍般臉色發青，我只是希望讓他放鬆一下。所以，如果他用「阿嬤過世」「肚子不太舒服」等優先考慮自己的理由拒絕，我也只打算回答：「這樣啊，沒關係，下次吧！」用例行回應結束這一回合，但是他拒絕的理由卻超乎我的預期。

「抱歉，我沒辦法去。」

「沒關係，你有其他事嗎？」

「我不會因為有事就拒絕。」

「那是為什麼呢？」

「我可以說嗎？」

「你話都說到一半了，不說完我反而會更在意，就告訴我吧！」

「因為沒有意義，所以我不會去。」

「蛤？」

「沒有意義」這句話帶來極大衝擊。被疼愛的後輩拒絕雖然不太舒服，不過還屬於可容忍的範圍，睡個覺起來就會忘記。但是，把「沒有意義」當成拒絕理由，後座力卻極強，原因在於下列兩點。

首先，他在拒絕的時候，並沒有把自己的情緒視為最優先的理由，他的理由是與前輩喝酒聚會這件事情本身沒有意義。其次，他竟然幻想從這樣的聚會當中尋求意義。

我問：「你所謂的意義是什麼？是指好處或恩惠嗎？」結果後輩丟下

一句曖昧的「不是，是更深刻的東西」就逃跑了。意義是什麼？不，是更深刻的東西——聽起來就像彆腳的問禪。我帶著彷彿懸著一塊大石頭般的煩悶心情前往居酒屋，途中竟碰巧看到那位後輩走進附近小鋼珠店的身影，讓我更加煩惱。他的行動明確顯示，打小鋼珠比和我喝酒更重要。換句話說，玩新世紀福音戰士的小鋼珠機台，比和身為前輩的我把酒言歡更有意義、更深刻、更加神聖不可侵犯。的確，我不是他的直屬上司，不管再怎麼討好我，也不會從我的嘴裡汩汩湧出錢幣。反之，只要運氣好中大獎，打小鋼珠也能賺到錢。

這不就相當於在對我說「你比小鋼珠更不如，是爐渣」嗎？小鋼珠是賭博，我沒有要否定賭博的意思，但對賭博沒什麼好印象也是事實。而我的排序，竟然在沒什麼好印象的賭博之下。我四十五年來的人生與存在，幾乎就像是遭到否定。當然，我可以追上去叫住他。與其事後再來寫這種小家子氣的文章，當時應該追上去拍他的肩膀說：「既然有時間打小鋼珠，不如陪我喝一杯吧！」但另一方面，我也對神發誓，如果他當著我的面說「和你喝酒比打小鋼珠更浪費時間」，我的精神也承受不住。阿門。

被明確指出「你不如小鋼珠」是件難受的事情。如果指出這點的是自己關心的人、地位比自己低的人，那就更加難受。人活在世界上，有時候就會遇到這種屈辱。

「我不想和你喝酒，因為沒有意義」這句話的衝擊之所以如此大，還可以歸結到「原來世界上存在著有意義的酒聚」這點。他把世界上存在著有意義的酒聚視為前提，將意義的有無當成判斷參加與否的標準。我卻認為喝酒本來就沒什麼意義，而且沒有意義也無所謂，喝酒本來就是在打發時間。就我來看，在沒有意義的場合尋求和某人喝酒的意義，反而像哥倫布的雞蛋[4]

4 編註：歐美流傳「哥倫布敲破雞蛋鈍端的氣室來立蛋」的傳說，意指再簡單的事，在勇於創新、嘗試前都難以達成。

變成電子雞一樣不合理。

舉例來說，和公司以外的外部人力合作時，只要在工作進行當中隨時保持聯絡，就算沒有每天當面溝通也不會發生大問題，畢竟透過網路就能傳送檔案。如果有需要，即使不直接見面也能相互討論。但是與團隊挑戰新事物時，最好團隊成員有一定程度的了解，一起喝酒就是個加深交情的好方法。從工作以外的場所展開對話，即可獲得在工作往來中絕對得不到的資訊，包括興趣、成長背景等，例如這樣的對話：

「咦，你的手帕圖案是米奇嗎？」

「我在迪士尼樂園買的。」

「我也是米奇的粉絲，還買了迪士尼樂園的年票呢！」

「哇！」

透過酒後閒聊，就能發現「對方明明是個大叔，卻是米奇的粉絲」。這些資訊可能會成為工作的切入點，也可能成為讓工作更順利推動的催化劑。當然，知道工作夥伴的興趣、成長背景，也不保證能夠直接對工作帶來幫助，就這個層面來看，喝酒也可說是毫無意義的活動。

不過，放眼四周，這種想法似乎已是老古板。現代人就連喝酒聚會也要講求意義，尤其年輕人大多如此。電視等媒體採訪上，經常看到年輕人表示「喝酒聚會沒什麼意義」「參加公司聚餐也是工作的一部分嗎？會給加班費嗎？」這些發言所提到的意義與價值，指的是「直接的利益」「立刻發揮效果」，也就是能否在短期內達成結果。但就我而言，我覺得他們所有行動都過度追求直接、立即的效果與成績。的確，與工作上往來的人喝酒時所得到的資訊，舉凡對方的興趣、成長背景、偏好的異性類型、最愛的ＡＫＢ成員、喜歡的鋼彈等，或許無法立刻反映到工作上。但是，這些不知何時會發揮作用的資訊，以及逐漸累積的交情，或許會開啟未曾想像的通道甚至捷徑。

年輕人為什麼會過度追求行動的意義呢？這可能是因為當今社會不允許他們繞遠路吧！舉例來說，假設有不知道的事情，就會被質問「Google一下就知道了，怎麼不去查？」工具變得太過方便的結果，就是不再寬限年輕人、地位較低的人猶豫的餘裕。為了在不允許迷惘的社會生存下去，必須快速做出成果，至於無法立即帶來結果的行為就被視為沒有意義而捨棄。最先被割捨的就是與上司、前輩、工作上往來的對象聚餐喝酒，以及將來能不能提領都不知道的年金。我希望他們能夠發現，雖然筆直地朝著目標前進是一種生活方式，但彎彎曲曲繞遠路也是一種生活方式；我希望他們能理解，累積無聊的經驗也可能開拓人生，迷惘地繞遠路能讓人生更加寬廣。

幾天後，那位用「沒有意義」拒絕我的年輕職員，再度頂著一張了無生氣的臉孔來上班，於是我再次挑戰：

「雖然完全沒有意義，但要不要一起去喝一杯？」

「你請客的話我就奉陪。」

沒有意義的事情累積起來就會變得有意義——我不打算對他如此說教。

但是，我會用行動告訴他，聽前輩自吹自擂，對前輩而言可是很有意義的。

「正義」有時候其實很糟糕

大家身邊是不是都存在著「愛挑別人毛病」症候群的人呢？

我周遭就有這樣的人，這些挑毛病魔人會隨時鎖定看不順眼的對象，根據負面的偏見評論對方，挑剔對方「上班摸魚」「抽菸也抽太久」「特休都已經請完了，還繼續請假」等，大肆批評「這很不合理吧？」「這不是很糟嗎？」擅自把對方的行為當成問題。如果只是因為好玩而把抱怨當成口頭禪就算了，但他們的麻煩之處在於會到處嚷嚷「那傢伙真的很糟吧？」想把周圍的人也扯進來。

這樣的批評標準真是垃圾。如果批評的是對方工作能力或心態就罷了，雖然是多管閒事，但至少以此標準批評並沒有錯。但這些挑毛病魔人卻緊抓著目標對象的態度、服裝、髮型、體臭、上廁所頻率等與工作沒有直接關係的缺失小題大作，所以我才說是垃圾。

挑毛病魔人之所以棘手，是因為自以為一本正經地嚴肅看待這些事，受到自以為是的正義感驅使，自以為是地採取行動。

自以為正確的心態很危險。我以前的公司曾經營過一陣子美甲店，所有員工都覺得店長應該由熟知美甲的辣妹職員擔任，但公司高層任命的卻是總務課長（六十歲男性）。高層的用意相當古怪：「不懂美甲的人，才能不受美甲束縛，開拓新的事業。就算失敗了，也能毫不猶豫地把他開除。」總務課長連指甲油都沒塗過，連時尚雜誌也沒買過，才三個月店就倒了。高層深信不疑的「正確」判斷，造成了損失。

在我思考正確性的時候，回想起「募款妹」這位同學。我想起當她大喊「我做的事情是對的！」那一瞬間，整間教室充滿了尷尬的氣氛。

那是國小五年級的時候，我們全班對於衣索比亞與坦尚尼亞難民的關懷意識高漲。當時既沒有網路，也沒有機會像現在這樣輕易接觸國際新聞，更何況我們還是國小生，發生在非洲的事情比科幻電影還要遙遠。我不知道契機是什麼，只記得當時的班長——募款妹是發起人。她的父親在貿易公司工作，所以或許是受到父親的影響，但我直到今天仍搞不清楚為什麼會演變成把全班扯進來的活動。

我對非洲毫無概念。當時剛上映的電影《肯亞少年》[5]即是我對非洲的全部理解，此外就是援助非洲飢荒的慈善歌曲〈We Are the World〉。所以即使聽到非洲難民受苦的消息，也只覺得捐款給聯合國兒童基金會就好了，我猜全班同學幾乎都這麼想。即使如此，募款妹孜孜不倦地疾呼：「人類同胞正陷入危機，對這樣的狀況視而不見，還算是人嗎？」日積月累下，這場啟蒙運動總算開花結果，不知不覺間全班都充滿了拯救非洲的氣概，我還去看了介紹非洲嚴酷現實的攝影展。班上發起募集捐款，但僅僅一次募款（而且還是國小生募到的金額）當然無法改變世界，面對如此殘酷的現實，募款妹對於拯救非洲更加投入，最後莫名其妙演變成強制對全班徵收善款，招致班上的同學反彈。

於是她大喊「我做的事情是對的！」然後哇地哭出來。募款妹沒說錯，但我在那個時候發現，有時候做對的事情不一定永遠是正確的。我很驚訝的是，聰明的募款妹竟然因為拘泥於自己的正確性而看不清周遭。她的哭泣聲在一名駑鈍國小生的胸口烙下深刻的教訓：「正確的事，有時會變成大麻

5 編註：一九八四年上映的日本動畫電影，描述落難於肯亞的日本少年，獨自一人在非洲草原與叢林展開求生之旅。

煩。」由此可知，越深信自己是正義的一方，越容易做出難以置信的行動。

挑剔魔人往往相信自己是正義的一方——我是正確的，我想要證明自己的正確性，所以我的正確性必須得到第三方的認可。就是這種自我中心加上令人困擾的歪理，驅使他們大聲嚷嚷：「太糟糕了！」

有多少人，就有多少種正義。正因為誰都無法動搖他人所認定的正義，世界才會如此苦難多端。

如果挑剔魔人靠過來說：「那傢伙很糟吧？」附和他們，才是大人的處世之道。但是這有時也會造成無法挽回的後果，最好小心為上。我就曾經因為隨口附和了一次，結果流失了大把寶貴時間。

這件事起因於日本企業內隨處可見、既非管理職也沒有頭銜，卻具有神祕權力與發言權的非官方職位——「大姐」，而我就附和了以大姐之姿君臨職場的女性。她當時的找碴目標鎖定某位女性員工。你或許會想，這名女性員工想必是剛從私立女子大學畢業的美女，把男性員工迷得團團轉，所以才成為大姐的嫉妒對象這種老套模式，但事實上，對方只是一名老實中年女子，現實世界就是這麼無聊。

那名女性不管做什麼，大姐都看不順眼，對她有著生理上的排斥。正常人並不會透過咒罵、鄙視對方來證明自己的正確性，但相信自己是正義使者的大姐卻不懂得這點。顯然，正義使人瘋狂。

「她每天早上開始上班之後，一定會消失十五分鐘。」

大姐特地跑到我身旁來竊竊私語，但這麼做只會妨礙我工作。唉，都已經這麼忙了，為什麼還跑到我座位旁碎念呢？真不舒服。

這是騷擾吧？我忍耐著叫她要碎念就上網發文的衝動，附和一句「對啊」，但這卻成為災難的開端，大姐的擾人碎念毫無停止跡象。「她不知道要去幾次廁所才夠。」「走路五分鐘就到的郵局，她卻花了十分鐘。」「下班時間一到她就馬上站起來。」「她這樣很糟吧？」「她這樣不行吧？」最後，批評別人失蹤十五分鐘的人，卻在我身邊誦念了二十分鐘的怨念咒語，一味拘泥於正義導致她看不清周遭。沒想到募款妹的亡靈竟然穿越了三十年以上的時空，再度為我帶來困擾，如果她的心思能夠繼續徜徉於非洲就好了。

大姐說完想說的話就從我身邊離開，靈巧地移動到其他人身旁，又繼續開始碎念。

「真糟糕，真是太糟糕，真糟糕……」

到底是嗑了什麼，才能把怨念轉換成生活的能量啊？

後來我每隔幾天，就會被大姐當成彰顯自身正確性的證人。我已經露骨地擺出了沒在聽的態度，效果卻不顯著，但這也是理所當然的，因為她不是在對我說話，她說話的對象，只有自己的正義。沒錯，我就是一面牆，一面反彈大姐傳接球獨角戲的牆，好想快點變回人類啊！

就像這樣，患有挑剔症候群的人為了證明自己的正義而把第三方扯進自己的世界裡，至於第三方有沒有在聽都無所謂，因為把第三方扯進來後目的就達成了。至於精神遭到剝削的總是善良公民。當挑剔魔人邊說著「真糟糕，真是太糟糕了」，邊朝你靠近時，請務必無視。就像颳颱風時雖然會擔心海水倒灌，但只要不去湊熱鬧就絕對不會被沖走，遇到挑剔魔人時也是同樣的道理。

看風向，錯了嗎？

我一直希望自己成為風向雞般從善如流的人，所以前幾天開完會後，聽到同事稱讚我：「你像風向雞一樣轉個不停呢。」我心裡感到很高興。

除了某些遭到言語攻擊會興奮、期待著「再多罵我幾句，再更用力欺負我」的特定人士外，幾乎所有人都比較喜歡被稱讚。平常就立志成為風向雞的我，被同事形容像風向雞一樣時，真是開心不已。然而當我謙虛地回答：「不不，沒這回事，我只是做自己而已。如果用日本職棒來比喻，我就像中日龍的落合教練6；用年輕人的話來說，就是展現『自己的Style』。」對方看起來卻有點尷尬，彷彿在說：「我不是這個意思……」看來我們對於風向雞的理解有出入。

我對風向雞的理解是正面的意義，但對方卻當成負面的詞彙使用。站在對方的立場來看，原本應該感到愧疚的對象（我），卻一臉開心滿足地張大鼻孔開始自謙：「這就是我的態度、我的Style……」想必沒有比這更噁心的事了。那個時候真想挖個地洞鑽下去。

我從學生時期就一直把風向雞當成褒義詞，長久以來都稱讚別人：「你的生活態度就像風向雞，相當值得尊敬。」說不定同學都覺得我在諷刺；說不定畢業後與他們越走越遠，也是因為這樣……

風向雞是公雞造型的風向計，具有抬頭挺胸、迎風而立的正面意義。雖然現在普遍視為「隨著風向改變態度」的貶義詞，但話說回來，我完全不知道這麼做哪裡不對。成功的商業人士，當然都是先看風向再決定下一步。

---

6 編註：落合博滿，曾任中日龍隊教練，以其特立獨行、顛覆傳統的領導風格屢次締造佳績。

幾年前，我在工作上發生了嚴重的問題。這個問題相當棘手，如果我貫徹自己相信的正義，將會犧牲另一位同事的名聲，我甚至想過，最壞狀況可能導致同事必須全家隱姓埋名、改變長相，甚至妻離子散。雖然我不知道這位不熟的同事會怎麼想，但我絕不希望被怨恨，甚至成為復仇的對象。正當我煩惱的時候，平常意見不合的上司難得過來關心我：「你沒事吧？」

如果我的精神狀態健全，才不會窩囊到需要被仇敵關心。但當時我已經脆弱到連貓咪的手也想借來用，只要是救命稻草就想抓住，於是我一時鬼迷心竅，與這位既不是貓也不是稻草的廢物上司商量煩惱。不過，他只是含糊地回答「這樣啊」「原來如此」「這可不能裝作沒看到」，沒有提供任何具體的建議。

我知道上司根本沒在思考。我不覺得失望，反倒因為這名廢物上司一如預期地完全靠不住而鬆一口氣。「只是在浪費時間而已，壓力好大啊。」我心裡這麼想。然而到了黃昏，上司卻說了一句意想不到的話：「交給我吧！我去找社長商量看看。」

我所面臨的問題相當棘手，可能會打亂一個人的人生，所以只能暗自煩惱，為什麼會演變成必須找高層商量的狀況？我最不希望通知的人就是高層啊！廢物上司真的比貓和稻草還不如。我雖然原本就不抱期待，卻依然相當失望。說起來，人類真是難搞的生物，雖然說不期待，內心卻仍抱著一絲希望，只是為了避免在結果不如預期時太過洩氣，所以先拉出一條「不期待」的防線，萬一真的得出結果就心懷感激地收下，這樣的態度實在很狡猾。回過神來，上司已經打開社長辦公室的大門——這傢伙腦袋有洞嗎？

即便如此，我內心依然湧現一絲期待：上司雖然無法成為貓或稻草，但或許會是一隻捎來和平的傳信鴿。那位自告奮勇成為傳信鴿的上司，朝著辦公室前進的背影，與風向雞抬頭挺胸迎風而立的形象完美重疊。

不久後，上司走出辦公室，對我豎起大拇指：「你跟我一起進來！」這句話散發出「溝通很順利」的光芒。我說了一聲「打擾了」後就走進辦公室。社長並沒有坐在位子上，而是坐在進門右側的會客區。方桌的另一側與靠門的這一側，各有兩張合成皮沙發，仿真皮的油亮褐色，看起來反而更廉價。

社長已經在上座等待，原本以為上司會與我一起坐在下座，沒想到上司卻鎮座在上座側的社長身旁，兩人開始朝著一頭霧水的我集中炮火猛轟：「這種事情你自己處理不就好了嗎？」「不要給公司添麻煩。」「給我好好處理！」我完全料不到事情竟然會如此發展，太奇幻了吧！

我竟然把這樣的上司比喻成象徵和平的鴿子，真是太蠢了。鴿子對不起。

我原本替單槍匹馬闖進社長室的上司感到擔憂，但他卻像風向雞一樣，隨風改變了方向，完全體現了風向雞的負面意義（早知道就把他宰了做成炸雞）。形容我像風向雞的同事，說的應該是這種形象吧？即使如此，我依然不覺得看風向改變立場的態度有這麼糟。

舉例來說，當耗費高額預算的大型計畫進行到某個程度，發現做不出預期結果時，卻以「如果現在放棄，之前的努力都會白費」為由而繼續執行，錯失中斷時機，最後導致嚴重失敗——這樣的例子時有所聞。在發現失敗時果斷中止計畫，難道會被嘲諷在看風向嗎？想必不會。就隨風改變方向這點來看，風向雞和貓咪稻草上司也是相同的。

那麼，風向雞的好壞區別何在呢？我認為，如果偏離了「守護重要事物」這個核心，就是壞的風向雞；反之，則是好的風向雞。

換句話說，只要核心不變，隨風轉變方向也無所謂。如果有人改變意見，不應該反射性地嘲笑對方：「那傢伙像風向雞一樣轉來轉去，是隻弱雞呢。」畢竟行為背後的核心才是重點。

雖然聽起來像在自吹自擂，但假使我自己是計畫負責人，就能立刻下令中止過去幾個月來都以「公司的未來全靠這個」為由而積極推動的計畫。這麼做或許會被批評：「你精神錯亂嗎？」「渾蛋，開什麼玩笑！」或許會被質問「你拿什麼臉說這種話？你這個風向雞。」但是我以必須保護公司利益為核心，所以完全不以為意。我甚至對於能夠毅然決然當機立斷的自己相當自豪，所以會將風向雞當成讚美。

但是那名上司對於明哲保身、出人頭地非常有一套，核心與方針也搖擺不定，好幾次讓我們這些部下陷入困境，唯獨只想讓自己好過、不惜把部下拖下水的價值觀堅定不移。像這種堅定的風向雞也有好壞之分，很難一概而論。

請勿把爛人當成負面教材

我曾經在非常糟糕的上司底下工作。他不做事，甚至懶得假裝有在做事；不體恤部下；不遵守約定；語焉不詳；愛說謊，而且會忘記自己說過的謊；發出怪聲；難以溝通；每天都帶一大堆東西來公司……隨便回想一下，缺點就源源不絕地浮現。

就算想舉出優點，也完全想不到。世界上真的存在沒有任何優點的人嗎？思緒把我拉回國小的教室。某堂課上，班導站在講台上說：「我們每個人都是無可取代的存在，都有自己的價值。」接著她的視線從課本往上抬，稍微提高音量對我們呼籲：「各位同學！」並用極度感性的聲音說：「千萬不要忘記，你們光是活在這個世界上，就是一件很了不起的事情了。」她說出這段話的年代，是在ＳＭＡＰ演唱〈世界上唯一的花〉的二十多年前。

我當時很感動。每個人都有價值，每個人都很了不起，這段話驅散了覆蓋在我內心的陰影。以前看刑警劇的時候，總是無法理解警察為什麼不直接射殺窮凶極惡的犯人，只將他們逮捕，我對此感到憤憤不平：「為什麼不直接把壞蛋槍斃呢？」但是，老師的一席話改變了我的想法，原來大壞蛋也有鼻屎般的價值。然而老師錯了，即使退一萬步，我也無法從那名廢物上司身上找到了不起的地方。我相信把上司和刑警劇裡的大壞蛋一起銷毀才是正確答案。

雖然青春期的不良少年少女總愛大喊：「父母是無法選擇的！」但與無法選擇上司相比，這還是好太多了。畢竟你可以反抗父母，卻不被允許反抗上司。

如果硬要舉出那位上司的優點，大概就是有顆不氣餒的心吧？有次接到不能得罪的重要客戶投訴，必須去向他們賠禮。問題百分之百出在我們這裡，上司與我準備好檢討報告、應變對策後，出發前去拜訪客戶。上司對我說：「這次是我們的問題，總之道歉就對了。但是，絕對不能忘記客戶與我們的關係原本應該是對等的，做生意就是要彼此彼此、互相互相。」接著還露出詭異的笑容：「判斷一名業務優不優秀，看他怎麼道歉就能馬上知道。」我從「彼此彼此、互相互相」的語氣中，感受到一股不祥的徵兆。

抵達客戶公司後，負責人鐵著一張臉帶我們進會客室，要我們稍候片刻。過了一分鐘，上司開始邊抖腳邊說：「好久，也等太久了吧。」連一分鐘都等不了的人，真的有辦法道歉嗎？我很不安。他微幅抖動的樣子，就算寬容一點來看，也像是個憋尿的老人。上司開始自言自語：「我現在的心境就像宮本武藏，等待著遲遲不出現的佐佐木小次郎[7]。」但是他好像把武藏

---

7 編註：相傳江戶時代劍豪宮本武藏與佐佐木小次郎相約決鬥，武藏卻故意遲到。此處為上司搞混兩者。

與小次郎弄反了，難道是缺乏冷靜導致腦袋短路嗎？

負責人來了，上司瞬間停止抖腳，我對他的一抹不安也在這時消失，說不定他出乎意料地可靠。但我的期待立刻遭到背叛。上司站起身，我也馬上跟著站起來；上司深深鞠躬，我也跟著鞠躬；上司扯開嗓門說：「造成貴公司的困擾，非常抱歉。」我斜眼看向上司，他的頭垂到膝蓋的位置，彷彿就像在做肢體前彎一樣。但那傢伙抬起頭後，卻說出這樣的話：「非常抱歉，但是，發生問題的時候，有可能百分之百完全是某一方的錯嗎？總之，這次就當成五一％是我們的錯吧。」

這個白癡到底在說什麼啊？太奇怪了吧？拜託你去死一死，請在此刻瞬間斷氣，現在還來得及，還能得到「他在將死之際陷入錯亂狀態，才會胡言亂語」的同情票。客戶的表情像是抽筋一樣，淡淡地反問：「那麼，你的意思是我們也有將近五〇％的過失嗎？」人的怒氣達到頂點時，語氣反而會變得平靜。他們甚至不願意收下賠罪的禮盒，道歉完全失敗。正常人絕對承受不了這種挫折，但是上司居然毫不氣餒，甚至還浮現「報了一箭之仇」的驕傲表情。

這名上司不氣餒的心，具有一股神祕力量，能將任誰來看都不妙的狀況轉變成正面情境。某次在談一筆不容許失敗的重要生意時，這名上司又出了類似的包。他漫無目的聊著：「我兒子和前妻住在一起，最近開始去職業摔角的道場上課。」「我家這陣子遭小偷，被偷了Dyson 吸塵器，這下可虧大了。」毫無意義的閒聊持續了一個小時以上。

他在事前並沒有告知這次拜訪客戶的目的或意圖。既然閒聊了這麼久，一般都會認為背後可能有什麼盤算，畢竟閒聊時間越長，布局往往也越縝密；越是不想說出口的真正目的，越要留到最後壓軸。我心想：「他前面聊了這麼久，心裡絕對有什麼想法。」到此為止，節奏完全掌握在上司手上。

客戶討厭持久戰，所以單刀直入問道：「我們差不多該進入主題了吧？你們今天特地過來有什麼事嗎？」上司的嘴角不自然地上揚，浮現他自稱是「八面玲瓏及時雨」的笑容，高聲宣布：「我今天就是來閒聊的！」想必在閒聊的過程中，客戶內心就曾懷疑過：「這傢伙難道是個白癡嗎？」而一直觀察著對方表情的我，清楚看到在這一瞬間，他的懷疑轉變為確定。

我忘不掉負責人「啪」地一聲闔起記事本的那瞬間。正常人在聽到客戶說「您請回」的時候，一定都會擔心：「糟糕，該怎麼向上層報告？」「如果客戶終止合作怎麼辦？」但是上司竟然毫不氣餒，甚至樂觀地說：「那傢伙……把記事本闔起來了吧？男人之間真正的工作就從這裡開始……」求求你，給我氣餒一下吧！

曾經有人對我說：「跟那種上司打交道真辛苦，大概會壓力大到禿頭吧？」說不辛苦是騙人的，但習慣後也不是不能忍受。有個詞是「負面教材」，意指從爛人的言行舉止中學習哪些事情不能做。但我就直截了當地說了，把問題人物當成負面教材是錯的。很遺憾，有些人就是連當負面教材的資格都沒有。想學東西可以找正常的教材，不需要勉強自己從負面教材中學習。

過去的教材很少，才會產生負面教材這種說法。以前缺乏有系統的教材，為了培養獨當一面的能力，才會要求大家「從做中學」或「偷師前輩」。從好上司與好前輩身上確實可以學到許多東西，但就現實來看，不是所有人都這麼優秀、有這麼多優點值得學習。公司裡充斥著缺陷上司、不良前輩、無能同事。過去因為教材不足，就算對方無可救藥，也必須從他們的言行當中學些什麼，負面教材也就應運而生。但現在是透過網路就能搜尋知識與實例的時代，不需要勉強自己從問題人物身上學習。

只要察覺這點，就不必再認真看待那些人，可以把花在他們身上的心力與時間轉移到有學習價值的人身上。拒絕與無可救藥的上司聚餐，參加值得尊敬的人舉辦的活動，這才是生而為人該有的態度吧？至於那些無可救藥的人一旦失去身為負面教材的角色，就會因為職權騷擾、性騷擾、言語暴力等各式各樣的問題而離去。負面教材是應該在平成時代滅絕的恐龍。

但是那些負面教材依然存活至今，我們在現實當中仍必須煩惱該如何與之相處。而我發現，只要把負面教材當笑話來看就好，這麼一來，就能夠放寬心和白癡來往了。

如果上司做出白癡的事，只要看笑話就好，不需要勉為其難從中找出意義。所以不管上司對餐廳客訴：「生魚片怎麼是生的？」還是對客戶說出「讓我們剖開肚子來談吧」這種不得體的話，我都邊想著真是腦袋有洞，邊傻笑蒙混過去，不會認真看待。

當自己陷入艱難的境地或狀況時，首先應該拔腿就跑。不惜編造「有些事情只能在嚴峻的環境中學習」等牽強理由來欺騙自己的苦行，無論如何都沒有必要持續下去。

可以把醉漢的腦袋拿來灌籃嗎？

四十五歲，人生只剩一半。不管做什麼事情，我都開始抱持著「既然要做就好好做」的心態，想辦法拿下所有能夠從中獲得的成果。想到現在從事的工作、眼前擁有的事物或許都是人生的最後一次，我的心情就像是舉行解散演唱會的搖滾樂團，秉持著「就算觀眾沒有要求安可，我也要自己安可」的氣魄。

事業、學業、研究，還有葬禮。人生就是一連串雖然不想做，卻又不得不做的待辦事項。會議、面談、應酬……隨著年齡增長，不想做又必須做的事只會越來越多。我們從小就被教導「現在忍耐一下，長大就能海闊天空」，懷著這樣的信念撐過無聊的考試讀書與升學競爭，最後好不容易長大，不想做的事情卻不減反增，這到底是怎麼一回事，我被騙了嗎？

不得不做的事情當中，有多少是有意義的、現在必須做的呢？頂多三成左右。我在出社會後，就隱約發現有些會議或討論沒有意義，所以對這樣的現實並不驚訝，甚至還有點感動：「世界上竟然有認真到近乎愚蠢的笨蛋，認真面對那些愚蠢的事情。」

他們看似有什麼想法，其實什麼也沒在想。一群老大不小的人裝出認真工作的姿態，一本正經地想在公司組織中存活下去，看起來既可憐又可笑。

上班族的痛苦在於必須正經八百地從事一些愚蠢、強人所難的事。舉例來說，怎麼可能有人真心喜歡在晨會做完收音機體操後，高聲呼喊愛公司的口號？

我大學畢業後的第一份工作是在一間不錯的公司，但是辦公室裡也存在許多足以抵銷公司魅力的缺點。譬如幾乎每天晚上都得參加聽上司自吹自擂的酒聚，這樣的聚餐沒有任何收穫，如果想從中找出意義，大概就只有原本酒量平平的我變得能夠面不改色一口氣乾完酒精濃度九％的氣泡酒。

「如果是我來做……」「像我這麼優秀的人……」「是我的話就會……」上司發表著一成不變的吹噓。至於前輩與同事則像白癡一樣瞬大眼睛，像猴子一樣拍手附和，企圖博得上司歡心：「哇！真是太厲害了」「如果是我早就逃跑了！」「您是怎麼挺過危機的呢？」一切看起來都愚蠢不已。不，不是看起來，而是本身就很愚蠢。雖然前輩對我說：「等你習慣就知道了。」但遺憾的是，被迫參加越多次聚餐，絕望感只會越加濃烈，因為我發現自己無法變成這樣的笨蛋，換句話說就是升遷無望。當我看著就能力而言絕對不是笨蛋的前輩裝瘋賣傻時，更加深了我的無力感：「連這麼厲害的前輩也必須為了存活而變成蠢蛋，看來我不可能永遠逃離不想做的事情。」

某天，一位不太熟的前輩在宴會中喝得醉醺醺，就此不見蹤影。奉命去查看狀況的我找了一圈，最後發現前輩倒在廁所裡。費盡九牛二虎之力將他扛起來，結果他邊說著「噁，不太舒服」邊開始顫抖。要是這個時候爆發，首當其衝的就是我。於是我將前輩拖到馬桶旁邊，用灌籃的技巧把他的頭像籃球一樣按進馬桶，邊搓著他的背，之後的地獄景象就不詳述了。把能吐的東西都吐完後，神清氣爽的前輩說了一句讓我至今依然清楚記得的話：

「你可不能讓愚蠢的事情，就這樣愚蠢地結束……」

這句話雖然沒什麼了不起，卻是由喝到爛醉、被人像灌籃一樣按進馬桶狂吐的人，額頭邊冒冷汗邊說出來的話，是最真誠的肺腑之言。純粹的話語能夠打動人心，「不能讓愚蠢的事情愚蠢地結束。」這句話成為我的座右銘，換言之就是「沒有任何時間是被白白浪費的」。誰都留不住時間，既然無法避開愚蠢的事情，那麼只要不讓愚蠢只是單純的蠢事即可，這是灌籃前輩教會我的道理。後來，前輩繼續在愚蠢的聚餐中裝傻，最後真的成了笨蛋。據說他現在完全陷入酒精中毒，白天就在窗邊座位露出一副死人般的表情。愚蠢也要有限度，我很感謝前輩燃燒自己的生命教會我這件事。

距離廁所事件大約過了二十年，我原本以為從一般員工升上主管後情況會好轉，但主管也有不想做卻不得不做的任務，這些麻煩事依然沒有放過我。不過，在不得不面對的時候，我開始覺得既然要做就好好做。

當然，就算抱持著這樣的想法，也不會讓所有事情都變得有意義，旁聽愚蠢上司自吹自擂的聚餐依然沒有任何收穫。但也不是所有不想做的事情都沒意義，大概一萬次當中會有一次撿到寶，就像尋寶一樣。我換過幾次工作才進入現在的食品業，進入業界的契機就是抱持既然要做就好好做的心態，出席了原本不想參加的跨業名片交換會。我自暴自棄地像叫賣商人一樣，邊走邊喊「有人要名片嗎？有人要名片嗎？」最後遇到了一名同齡的食品廠業務。

參加這類活動時，如果能夠從其他領域中努力耕耘的同輩身上得到能量，是件幸運的事，而我就沒有這樣的好運。那名食品廠業務員挖苦當時身在運輸業的我：「你們公司沒有創造出任何東西，就只是運送而已。什麼？你說你們創造了一種價值嗎？連價值都拿出來說嘴，正是沒有創造任何東西的證明。」我聽了相當生氣，因為完全被一針見血地說中了，我們就是什麼也沒能創造、只懂搬運的蠢蛋。我會這麼激動，就是因為抱持著既然要做就好好做的氣魄，覺得既然都要發名片給沒興趣的人，勢必得取得一、兩項成果。連說話這麼不得體的人都能待在食品業了，我應該也混得下去吧？於是我下定決心，如果有機會換工作，第一志願就是食品業。認識這個蠢才也是某種緣分，於是我吹捧他：「能夠創造事物真的很棒呢！」結果他回答：「哈哈，我可不知道製造魚肉香腸是這麼有創造性的工作。真服了你，今後請把我們公司的魚肉香腸當成金塊運送吧！」那名蠢蛋心花怒放地將我介紹其他給食品業的人。而當時交換的名片在幾年後換工作時並沒有派上用場。

即使如此，我還是跳槽到了食品業。那次跨業交流名片交換會將食品業這個關鍵字刻畫在我的腦海中，換句話說，如果沒有抱持著既然要做就好好做的心態，就沒有現在投身於食品業的我。雖然光憑心態的轉變，只能得到微塵般的收穫，但這些微塵累積起來，依然可能對往後人生帶來影響。蒐集這些微小的成果就像淘金一樣，如果不秉持包容的觀點，就無法發現沙金；如果沒有從任何事情當中都想得到收穫的態度，就會空手而回。

寫這篇文章的當下，傳來日本田徑界的知名伯樂——小出義雄教練過世的消息。他培育出眾多知名跑者，包含雪梨奧運金牌選手高橋尚子。小出教練過世的報導中，也刊登了曾接受他指導的選手訪談及悼詞，其中一段文章讓我彷如醍醐灌頂。

那是前馬拉松選手有森裕子的悼念。當有森選手受傷時，小出教練曾對她說：「不要去問為什麼，而是要去想真難得。」小出教練告訴她，任何事情都是有意義的。我的心態和小出教練所說的「難得」非常相似。或許有人不同意我把奧運選手受傷看成是和底層上班族聚餐同樣程度的事情，但如果斷定人生中發生的負面事件都毫無意義，那就會真的失去意義。只要把這些當成是「既然要做就好好做」「難得發生」的事，就會轉變為流淌的沙金。換句話說，事物與行動的意義取決於你的想法。

我從事業務工作最開心的時候，就是原本覺得不會有結果或上司叫我收手的案子，意外地做出成果，甚至還帶來規模更大的案件。這種時候就像從垃圾堆中撿到寶一樣，爽快極了。在看似漫長、實則短暫的人生中，盡可能蒐集沙金般的經驗，累積成自己獨一無二的金磚，不也是人生的樂趣之一嗎？當然不順利的時候多到爆，但這些不順利也有價值。這麼一想，就會開始覺得原先以為沒意義的日常，或許不至於那麼糟。要讓自己的人生看起來像黃金或大便，決定權就掌握在自己的手上。

名為「出差」的冒險

業務比其他職務的人更常出差，所以也經常遭到公司會計的誤解：「你們是不是都在玩？」我好幾次在出差後結算旅費與經費時，被他們挖苦道：「業務可以拿公司的錢旅行，真好。」但出差是職責，是勞動，是工作，我想根本不用多說。

我們可是犧牲了與家人共度的時光、賴在沙發上打電動或躺在床上看書等豐富人生的活動，遠赴外地處理工作。雖然很想大吼：「開什麼玩笑！」卻害怕被投訴，最後只能弱弱地反駁：「我們出差的時候白天也都在工作，沒有在玩啦。」這種時候，如果強勢地頂撞會計：「出差當然是在工作，業務可不像你們這樣整天待在公司數硬幣和玩原子筆。」很可能會惹怒對方，導致出差時代墊的經費無法核銷，那就麻煩了。

「出差等於旅遊」的偏見一直困擾著我，而且越是辯解越可疑，真的很為難。

出差是從平常工作的區域，移動到另一個區域處理工作事務。那麼，為什麼需要出差呢？因為有必須處理的工作；因為當地員工不可靠；或是為了展現「我們總公司沒有拋棄各地的分公司，仍然與大家齊心協力共創事業」的態度。雖然也會耳聞公司高層為了與情婦旅行而安排見不得光的出差，但因為我的職涯一直都走在乾淨清廉的康莊大道上，所以從未親眼目睹過。據說從新宿到箱根只需花費一個多小時的小田急特級列車上，經常擠滿老闆與情婦，所以被命名為浪漫列車，我在高中的時候相信了這則都市傳說，跑到浪漫列車沿線的堤防觀察，卻沒有看到這種猥褻的狀況。

幾年前，我曾多次前往山陰地區的某縣出差，因為高層出了一道難題，要我在不多花錢的情況下，把過去未能拓展事業的地區變成搖錢樹。那是一個相當偏僻的鄉下：單人服務的電車、充滿空白的時刻表、剪票的站務員……當地保留著懷舊的昭和風光。當時分公司的相關人員至今幾乎都還在職，所以我就不公布具體的縣名，提示是某個以鳥來取名的縣。

在當地開拓事業，必須從零開始建構人際網絡。我在兩年內出差好幾次，會計甚至懷疑我是不是在當地發生了什麼男女邂逅，對我說：「你都去同一個地方那麼多次，也算滿大牌的，是不是遇到了什麼不錯的人啊？」這麼說真是太失禮了，但是我也無法否認，因為我確實有過男女邂逅——如果把超過四十歲的我解釋成「男」，擔任客戶窗口的歐巴桑解釋成「女」的話。

我頻繁出差的時候，正逢7-ELEVEN決定來這裡開設第一家分店，大家都因此情緒激昂。無論是當地員工或是合作公司的負責人，開會時都一定會聊到7-ELEVEN的話題。他們興奮地說：「我們終於也要有7-ELEVEN了！」雖然當地原本就有便利商店，例如開車經過市區或郊區時能夠零星看到Family Mart、LAWSON及地方型超商，但7-ELEVEN對當地人而言似乎還是有特別的意義。

7-ELEVEN對我來說是習以為常的日常，就算看到7-ELEVEN招牌，也絲毫不感到雀躍。我看著那些興奮嚷嚷「7-ELEVEN要來了」的人，只會強烈感受到與他們之間的情緒落差。

我身為一個人，不，是身為一名業務員，實在無法對他們潑冷水。獨自來到陌生的土地發展事業，如果透露出「只不過是7-ELEVEN而已……」這種都市人的冷淡態度，只會讓對方覺得：「那個都市人可能很冷血，說不定是壞人，來做生意或許是幌子，其實是來占我們便宜。絕對是這樣沒錯，真不想和他一起工作。」最後對事業造成負面影響。趁對方情緒亢奮、失去正常判斷力時推動事業，簽下有利的合約，這才是稱職的業務員。

基於這樣的盤算，每當「7-ELEVEN 要來開店」的話題出現時，我就會發出誇張的讚嘆聲，然後像嗑了什麼一樣，連珠炮地說：「太棒了！這真是劃時代的創舉，可說是弭平了東京與偏鄉的生活水準差距。而且這裡人口較少，也比較不會發生在收銀機前大排長龍或搶劫便利商店的現象，生活水準反而完全超越東京呢！」或許會有人認為我在嘲笑他們，但我完全沒有嘲笑的意思，我一心一意只想做生意。業務員有時必須切割語言與情緒，否則心臟可會撐不住。

另一方面，當地最棒的一點是品嘗日本海捕撈的美味鮮魚，就算是普通的居酒屋，也能以低廉的價格品嘗豪華生魚片。當時日本興起一波小小的「紅喉魚」熱潮，尤其關東市場較為少見，更讓不少老饕趨之若鶩。說來難以啟齒，但我從來沒有吃過紅喉魚，所以當紅喉魚、螃蟹等明星級海鮮及「阿婆魚」這種聽說會與螃蟹一起捕撈、外表黝黑、名稱如老太婆般的海產端上餐桌時，我自然變得有點亢奮，大聲歡呼道：「哇！紅喉魚生魚片最棒了！」「阿婆魚太好吃啦！」甚至想衝到附近的出雲大社，感謝神明讓我成為業務。然而當地員工卻在一旁吃著普通的鯖魚壽司，一邊說：「我覺得這個比較好吃。」冷靜的程度，讓人覺得為 7-ELEVEN 所展現的狂熱好像假的一樣，一如清醒看待 7-ELEVEN 的我。雖說我對 7-ELEVEN 展現的做作興奮感是為了做生意，但他的態度卻讓我為自己感到可恥。

共鳴是件很棒的事情，能與對方產生共鳴是非常幸福的。共鳴的美好之處，在於個別的情感能夠透過同感而變得更加強大。

相較之下，當 7-ELEVEN 在其他地方開店時，刻意迎合當地人展現興奮感的自己是多麼醜陋啊！情感互動必須出於自然，沒有必要刻意共享。

當我結束出差回家後，對老婆描述在當地品嘗到的紅喉魚與阿婆魚等海鮮有多麼美味，想要分享自己的感動，結果卻只是遭到老婆嚴厲質問：「所以你是在跟我炫耀自己吃了高級魚嗎？為什麼不買回來？我才不在乎你的感想，把那個味道給我帶回來。」現在雖然是流行共享的時代，但刻意分享感動，不一定會帶來好的結果。由此可知，出差與分享千萬要謹慎。

空虛是希望之光

早上八點半，我在表定時間的三十分鐘前抵達公司，坐在辦公桌前開啟電腦。從公事包裡拿出記事本，確認今天的行程。我將背後的百葉窗稍微打開，讓陽光照進來。電腦啟動，我收一下信，邊瀏覽好消息與壞報告邊啜飲罐裝咖啡。我每天早上都像這樣扮演商業菁英，但有時候也壓抑不住內心洶湧的吐槽衝動：「唉，我就只是社會的齒輪，這種刻意營造的菁英感，不就是社會規範下的『優良齒輪』嗎？我幹嘛要在表定時間的三十分鐘前上班啊，又沒有人在看，我是白癡嗎？」

各位是否也有過這種感嘆呢？有些人就像暫時發燒一樣，久久只會發作一次，而且期間極為短暫，但有些人就像慢性腰痛一樣，長期維持這樣的情緒。我也是現在到了四十歲中旬，齒輪情緒才轉變為以大約每月一次的頻率發作，年輕時則是一直懷抱著「反正我就是可以替換的齒輪」「齒輪人生真空虛」這種自暴自棄的心情。「可以替換」這項特性，無論如何都讓人覺得負面。

越是拒絕當個齒輪，越感到痛苦，因為我們無法逃避身為齒輪的命運。但是在齒輪般的人生當中，還是存在一線希望。

我從出社會後就一直是個上班族。我把曾經待過的公司分成「甲、乙、丙、爛」四個等級，但有件事無論在甲等公司還是爛公司都沒有差別，那就是公司日復一日地要求員工處理類似的事務。

出色的一流公司多半強調適才而用，而超一流的企業則用漂亮的文句宣示：「為了幫助員工發展職涯，我們準備了各式各樣的研習方案。每位員工都是公司重要的資產，幫助員工度過充實的人生也是我們存在的意義。」藉此宣傳福利制度與員工教育，但這其實也證明了公司生活貧乏無趣、同樣的工作不斷重複，內心話可能是這樣的：「公司會照顧你們這些員工，所以就每天乖乖重複相同的工作，不要抱怨了，安心成為齒輪吧！」

這讓我想起日本流行歌曲的常見套路：

人生很美好／沒有任何兩天是相同的／今天就是特別的一天／沒有任何浪費的時間／去尋找那天的自己吧。

日本流行歌曲總是歌頌人生、夢想、友情與理想，但如果日復一日過著貧乏的生活，就很難對歌曲中的夢想及理想產生共鳴。其實我日復一日過著在相同時間上班、處理相同工作、在相同時間下班的生活，二十幾年來幾乎一成不變。雖然上班族生活因職務而多少有點差異，但根本上極為相似。至於上班族以外的人，或許能夠依照自己的安排靈活運用時間，但我想應該也每天重複著類似工作吧？

譬如在年輕一輩很熱門的職業——YoutTuber。這個領域的頂尖人士經常在訪談中提到：「我們必須每天在固定時間上傳品質穩定的影片，所以每天都要花好幾個小時剪輯，沒時間玩耍。」他們的生活搞不好比上班族更規律。在獨立自主的情況下，這樣的自制力相當了不起，換作是我就做不到。如果不是在公司上班、接受某種程度的強制規範，我可沒有自信能過著規律的生活。

每天重複一成不變的生活，往往會突然感受到一陣空虛。工作上軌道後，雖然難度多少有點不同，但通常都是重複類似的事情，就像齒輪一樣原地轉個不停。

有些同事與朋友就在這樣的生活中搞壞身心，不得不離職或請長假，然後總有人會瞬間遞補他們的空缺。每當我看到這幅情景就感到絕望：「站在公司的角度，我們都只不過是可以替換的零件罷了。」最後因為太過空虛而暴飲生啤酒，結果讓居酒屋賺了不少。

最近聽說喝啤酒的年輕人減少了。根據我的分析，這是因為拿齒輪來比喻人生、感嘆「我們都只是社會的齒輪」而借酒澆愁的年輕人變少的緣故。一直以來都全力以赴當個齒輪的我，無法想像沒有齒輪感的人生。相反地，現代年輕人充滿無限的創意與積極，毫無「我只是個可替換的齒輪」的黯淡自覺。在ＩＧ世界裡，充斥著萬花筒般獨一無二的網美人生，簡直眩目到無法直視。

然而，讓我們試著往後退一步，觀察這種「追求網美照」的生活方式：美食、甜點、觀光景點，以及在這些背景前不自然地揚起嘴角、露出笑容的男女，ＩＧ就是這些網美照的排列組合。雖然被華麗花俏的強烈光彩所掩蓋，但他們也只不過是網美照這個龐大機制下的齒輪罷了。我雖然無意對年輕人潑冷水，但遺憾的是，追求網美照的人們同樣可以替換。不妨多少有點身為齒輪的自覺，一起灌下空虛的生啤酒如何？

現在的我，已經不再把齒輪般的生活方式當成一件負面的事，所以各位年輕人，請不要因為我對網美照的評價有點嘲諷，而義憤填膺地反駁：「你說齒輪是什麼意思？」「太失禮了吧！」各位或許認為齒輪是用來挖苦「微不足道的存在」「可替換的零件」等特質，但我最近改變了想法，覺得齒輪也沒那麼糟。

換個角度看，「可替換的零件」具有擺在任何地方都能運作的通用性；雖然是微不足道的存在，卻也因此不必負擔太多責任，能夠輕鬆運轉。世界上有些了不起的人物具有無可替換的價值，像是史蒂夫·賈伯斯、比爾·蓋茲，或日本當紅購物網站 ZOZOTOWN 社長前澤友作等成功企業家，皆對社會有極大的影響力，或許會被視為無可取代的存在，但他們其實也是社會上的齒輪，只是尺寸比較大而已。換句話說，他們與我們只有功能上的差別，同樣可以替換。賈伯斯去世後，接棒者填補了他的空缺，蘋果公司至今仍是世界級的企業。沒有誰是無可取代的。

上班族、創業族、自由工作者，甚至黑道集團。世界上有各式各樣的工作方式，如果能成為優秀的齒輪，就不至於活得太辛苦。成就豐富人生的關鍵，就在於是否有辦法在一成不變的日常中秉持「我要成為優秀齒輪」的態度。即使只有毫釐之差，也持續磨練自己。

我辭掉前一份工作時，上司對我說「取代你的人要多少有多少」。他說的一點也沒錯，不過小齒輪在其他地方也能發揮作用。於是我回了一句：「沒錯，但是你如果被趕下這個位子就玩完了，請保重。」

這只是單純的詛咒，但是詛咒卻化為現實，上司被趕下領導者的寶座。他曾說過：「誰也無法取代我。」結果這句話被完全推翻，繼任者三兩下就決定了。上司失去公司的棲身之所，被迫退休。這種人想必會拿「我以前可是社長！」擺架子，所以大家都對他敬而遠之。

可以替換的齒輪，隨處都能容身。但為了保持可替換的彈性，必須足夠優秀才行。越優秀的齒輪越能在各個裝置當中占據重要位置，優秀的齒輪能夠辦到任何事情，可以成為任何東西。這麼一想，齒輪般的每一天或每一件工作，都不能輕易捨棄。當然有時候也不免空虛，一邊想著：「反正我只不過是個齒輪！」一邊舉起啤酒猛灌，這也是齒輪人生的樂趣。

我是個齒輪，每天重複相同的事務，但是這也沒關係，只要每天一點一滴地磨練齒型，不就能在任何地方都發揮戰力嗎？我花了不少時間逐漸接受身為齒輪的事實。不過，一旦被年輕人當面嘲諷時，我可是依然保有拿菸灰缸丟他的搖滾魂。

人生就是不會一帆風順啊

第3章

給嫉妒來一記鎖喉！給偏見來一腳飛踢！

有些人簡直是時代的寵兒，完美搭上時代的順風車，事業一路順遂，獲得成功，成為目光焦點，過著被名車、豪宅、藝人環繞的生活。只要這種人出現，就一定有人在旁嫉妒地酸言酸語：「反正都是騙來的吧？」「不過是個用錢收買人心的魔鬼。」這些酸民一心想找出弱點來撂倒成功者，真是可悲又煩人。

酸民大概覺得，以這樣的言行貶低對方，使對方跌落神壇，就能像公園的翹翹板一樣讓自己的地位升高。這是多麼幼稚的人生觀啊！真想挖苦他們「不如回去幼兒園，重新從怎麼玩翹翹板學起」。實際上，就算嫉妒對方、把對方摺倒，地位下滑的也是自己。但如果指出這點，那些硬要把人生套用到翹翹板上的人就會反過來嘲笑我：「你這麼笨大概不知道，最近很多公園都因為遊樂設施太危險而禁止使用了。」說這些話真不得異性緣，看來我只能給他來一記過肩摔了（結果我的五十肩變得更嚴重）。

「有錢人的心靈汙濁，窮人卻擁有一顆美麗的心」——這是動畫或童話的常見公式，但只要在人世間活個三年左右，應該就知道這只不過是幻想。到了中年還保有這種想法的人，大腦到底是被嫉妒研磨得多光滑啊？實際上，財產的有無與心靈的美醜無關。有心靈美麗的富人，也有心靈汙濁的暴發戶；有些窮人擁有美麗的心，但也有人不只貧窮，內心更髒到無可救藥。這不是理所當然嗎？

我感到萬分驚訝，那些一味嫉妒成功者的人，竟然毫無這樣的念頭：「可惡！我也想變得那麼有錢，每晚都跟美女在一起。但是我已經是個成人，清楚知道不可能一夜致富，既然如此，至少也要把肉體打造成不輸有錢人的等級。」然後發憤圖強，投入肌力訓練或慢跑；相反的，他們從每周一早上開始，直到周日傍晚的長青動畫《蠑螺太太》播映完畢，一整周都持續過著嫉妒的人生，簡直就像奉公司高層之命出席客戶葬禮一樣，掛著不帶情感的表情行動，成天嫉妒與自己沒有交集的人，持續過著扭曲的人生。雖然事不關己，但我為他們感到擔心，是時候該察覺即使不斷詛咒成功者，自己的地位也不會提升分毫了吧？如果自己的朋友當中有這樣的人，我說不定會跟他絕交，因為這種人既陰沉又無聊。

對成功者的嫉妒多數來自偏見。大家往往擅自以為成功者和自己一樣，從平凡無奇的起點出發，必須腳踏實地付出努力。但每個人的起點不同，各有各的戰術。所謂的公平，不是從相同的起點開始付出相同的努力，而是擁有平等的機會。但對嫉妒者來說，一旦成功者的出發點與自己不同——譬如出生在富裕的家庭，他們就不願意坦然接受別人的成功，而是碎念：「那些人才不可能靠著平凡的方式，獲得今日的成功。最好的證明就是過著平凡生活的我們，卻沒有獲得相同的成功！」平凡的努力只能獲得平凡的成功，那些成功者採取的方式絕不平凡，這不是理所當然的事情嗎？

偏見很可怕。我是一名外表神似某亞洲電影明星的四十五歲中年男子，在公司身居要職，沒有孩子。光憑這些條件，就讓人以為我擁有龐大的財富自由。我和後輩、同事一起去吃飯時曾開玩笑地假裝拿出錢包，結果他們就先發制人地大聲對我說：「謝謝請客！」愛面子的我只好回答：「不、不客氣！」雖然內心在淌血，卻得裝作一副若無其事的樣子買單結帳，然後每天倒數距離發薪日還剩幾天。「既然身居要職，薪水應該不錯，手頭上應該有不少錢；外表看起來體面健康，應該沒花什麼醫藥費；既然沒有孩子，當然也沒有育兒支出。」煩死了，這些印象全都是偏見。

我不否認薪水不錯，但我留在手頭上的錢微乎其微。基於保密義務，我無法說出具體金額，但假設每月有一千萬元的薪水，九百九十九萬元都要上繳家用。如果確實履行現在的家庭契約，今後就算出人頭地，每月有一億元的收入，仍必須上繳九千九百九十九萬元，連最後一根屁股毛都要被拔乾淨。

屁股毛被拔光的我並沒有小孩，值得慶幸的是至今也沒有私生子，不需要支付孩子的生活費與教育費，也不必支付私生子的贍養費。但我仍有應盡的家庭義務。假日早晨，當大家啃著薄薄的烤土司時，我則帶著老婆去海邊的文青咖啡店，吃著萵苣增量的健康漢堡。

不過，我猜以大家貧乏的想像力終究想不到，我大部分的薪水與打黑工賺來的錢，全部以「長腿虎面人」的名義，捐給名為「小不點之家」的育幼院——當然這是假的，但我只是想表達，根據偏見隨便下判斷、自以為看透對方的行為，其實相當膚淺。

工作上也一樣。偏見是造成失敗的重要原因，尤其根據第一印象判斷對方的行為，是很不好的習慣。譬如投標的時候，如果競爭公司的負責人光頭、蓄鬍，一副龐克搖滾的模樣，便判斷「他長得就像性手槍樂團的粉絲，應該會不顧周圍氣氛，投出強勢的標價」，於是你大膽給出更高昂的投標金額。結果開標後，決標金額低到離譜，害你遭到公司相關部門檢討。後來才知道，那個光頭負責人投出了安全保險的標價，真是令人啞口無言。

對同事抱持偏見也很危險。假設有個案子必須取得隔壁部門的協助，而該部門中有位同事看起來老實無比，言行舉止謹慎有禮，從來沒有犯錯的紀錄，於是你看好那位同事，把工作交辦給他。即使截止日期快到了，他也一副不慌不忙的樣子，不禁讓你感到欣慰，覺得真是找對人了。但是到了截止那天，迎接你的卻是工作完全沒做的現實。

這時候你才不情願地認清殘酷的真相：老實的外表只是他活得低調的策

略；謹慎有禮的言行則是腦筋不太靈光的表現；至於沒有犯錯紀錄，只是因為沒經歷過什麼了不起的挑戰。而他本人則以天真的眼神，斬釘截鐵地說：「我已經盡了自己最大的努力！」既沒有罪惡感，也完全不思反省，身旁的人都當他是正經八百的人渣，對他敬而遠之，逐漸不再把工作交給他，不工作自然也不會犯錯。像這種利用老實外表、只靠著看似認真的形象而得以生存的人，確實存在。

偏見就是這麼可怕。儘管我已經知道偏見的弊端，依然忍不住抱持偏見。某年春天，我感冒了，低燒一直降不下來，咳嗽也無法停止，真的很痛苦。這種時候，我猜想家人應該會以溫暖的態度對待我，但這完全是偏見。老婆俯視著躺在床上病懨懨的我，嚴厲地說：「我不是早就告訴你了嗎？就是不聽我的話，才會這麼慘。」好兇。「所謂的家人，不是應該先把指責擺在一邊，在這個時候對我溫柔一點嗎？」這就是我的偏見。所謂偏見就是不由自主的期待，又自以為遭到背叛而絕望，是一場可悲的孤獨相撲。

如果我是知名的成功人士，擁有許多動產與不動產，應該就不會遭到如此冷淡的對待吧？「你還好嗎？」「你可不能死啊！」「你可以躺到痊癒為止！」這些溫暖的言語，應該會充斥在現實或網路吧？這樣的刻板印象讓我開始羨慕、嫉妒、憎恨成功者。我認同「嫉妒他人也無法讓自己幸福」這條真理，但是儘管知道這麼做無法讓自己變得幸福，依然忍不住嫉妒成功者，這也是人性。我們只能將無可救藥的嫉妒與偏見轉換成其他東西。換句話說，就是把任何人都有的負面心理活動，轉換成有意義的事物。這或許是人生在世的重要課題。

不期不待，不受傷害

活到這把年紀，我腦中始終極少閃過活著或工作很愉快的念頭。但如果要說輕鬆，確實變得越來越輕鬆。

年輕時的我，只要想到必須在這種痛苦的狀態下不斷工作到退休為止，就絕望得喘不過氣。儘管如此，這種感覺也不像被強壯男人雙手掐住脖子那種「真正的痛苦」，比較像是略微疲倦的、說不上來的痛苦。

那種讓我喘不過氣的痛苦到底是什麼呢？至今依然搞不清楚。我可以建立各種假說來論證我的感受，卻無法完整而正確地表達痛苦從何而來。就某方面來說，那種感受有點像是在夢裡出現的恐怖惡魔，只能靜靜地等待結束。

現在依然幾乎沒有讓我覺得快樂的事情，但至少漸漸活得更輕鬆。這並不是刻意為之的結果，姑且就當成是年紀到了吧！如果要說出一項自己內心的變化，那就是我不再期待了。無論是對自己，還是對別人。

會有這樣的轉變，是三十多歲時的事。只要出社會超過十年，就會認清自己所處的位置。這樣的認知既殘忍又毫不留情，有些人必須因此而微調自己的夢想或目標。我與鈴木一朗同年，鈴木一朗在十八年前挑戰大聯盟，刷新最多安打的紀錄，一躍成為媒體寵兒。我透過與他的比較重新檢視自己，發現只有供養特定酒店小姐的金額值得誇耀。當我察覺這個可悲的現狀時，對自己曾經有過的偉大期待就此消失無蹤。我的挑戰與嘗試，都在三十五歲前畫下句點。

不再抱有期待後，焦慮感也隨之消失。原本對自己的一事無成和漫無目標懷抱著模糊的不滿與不安，但這種感覺也不復存在，反而讓我更能專注於眼前的事物，視野更加清晰。有趣的是，越專注於眼前的事物，越能接二連三看見目標。換作是年輕的時候，應該會因為對自己的龐大期待而錯過了眼前微小的機會吧！

像我這種極度平凡、毫無才華的上班族，不管願不願意，到了三十五歲左右，旁人的評價都會穩定下來。開始會有人對我說：「這份工作就交給你吧。」

比較難受的是，也會有人對我說：「這份工作……不，算了，對你來說太勉強。我交給別人。」或是展現出「對你有期待是我的錯」的態度。不妨把這些白目的人也當成評價定型的過程，避免過度悲觀。對自己的評價，只要自己心裡有數就夠了。

每個年紀都有唯獨當下才能做的事情，三十五歲左右或許就是開始從事有趣工作的年紀。老實說，我在二十多歲的時候都只能幫前輩打雜，處理毫無意義的爛工作。我很尊敬那些能夠從中找出樂趣的人，但到了四十多歲，身心都開始衰退，再也無法勉強硬撐了。

毫無來由又自以為是的期待，有時也會成為枷鎖，年輕時的我就是如此，動不動就為自己找藉口，即使半途而廢，也會覺得「反正還年輕，什麼都辦得到，不需要做這種不起眼又無聊的工作。我想做適合自己的事情，就像頂尖搖滾巨星那樣，只做想做的音樂」。但那些年輕時就嶄露頭角、把我遠遠拋在後頭的人，往往都是朝著單一目標埋首前進，回過神來才發現已經獲得成功。

我開始不對別人抱持過度期待。我不希望因為把期待加諸在對方身上而剝奪了對方的自由。不過，每當我自以為體貼地說：「我完全不抱期待，所以你只要盡力就好。」卻有人表現出厭惡，也有人真的動了肝火：「你看不起我嗎？就算是前輩，也要知道哪些話能說，哪些話不能說。」真是不可思議，就是因為抱有期待，才會故意這麼說的。但如果我說：「我很看好你！每次都帶來超乎預期的成果，下次也要麻煩你了！」又會遭到對方抱怨：「請不要給我這麼大的壓力，這是職權騷擾吧？」到底要我怎麼做啊？如果希望別人永遠對自己抱有恰到好處的期待，這種想法未免也太自我中心了。

但就算我不再對自己或別人抱持期待，活得輕鬆自在，如果有人當面對我說「我對你不抱任何期待」，還是難免會火大，甚至想找對方去屋頂大打一架。說到底，該如何與自己或他人的期待打交道，終究只能取決於每個人的想法，不是別人可以說三道四。

幸災樂禍的家庭主婦（東京都，五十九歲）

親身體驗很重要，因為體驗完全無法言傳。所謂體驗，就是親自感受眼前發生的事情。至於聽別人轉述，則是藉由別人的眼睛理解一件事。透過成功人士了解其經歷固然非常有價值，卻稱不上體驗。體驗應該是經過自己的實際嘗試所獲得的感受，是極為私人的經驗。這樣的經驗雖然能夠傳達，卻無法完全傳遞當下那一瞬間的想法與感覺，因為體驗在轉換成語言的過程中會被刪減或放大，失去原本的面貌。不僅如此，還會因為聽眾的知識與經驗而產生不同的解讀，弄不好甚至可能面目全非。

但人類無可救藥的天性就是儘管明知如此，依然忍不住想和別人分享自身體驗。這樣的天性最後將帶來爭執與衝突，我才不想這麼做。

某個連假傍晚，電視新聞正在播放塞車現場連線報導。主播與記者親自抵達現場，用高亢的聲音說：「請看！從觀光景點離開的車潮，造成嚴重堵塞！」

他們特地前往預期會塞車的地區，用亢奮語氣說著「現場如預料般嚴重堵塞！」但如果塞車狀況不如預期，新聞就會報導「原本預計將回堵數十公里，但是現在車流順暢，完全沒有塞車的跡象！」這樣的亢奮真是太空虛了。我心裡只浮現了「主播真漂亮」的平凡感想，我家太座也一臉百無聊賴，吐出一句：「有必要這麼激動嗎？」

傍晚電視新聞的最大收視族群是家庭主婦，我真不願意相信她們愛看這種塞車報導。光是想像「東京都家庭主婦（五十九歲）」看著別人痛苦的模樣，幸災樂禍地說：「哎呀！觀光景點大塞車呢！特地花錢花體力困在車陣裡的人，腦袋是不是不靈光啊？一步也沒有離開家裡的我是人生勝利組。聽說還要三個小時才能脫離車潮呢，哈哈！」就覺得心情很差。

回想起自己的假日塞車經驗，只記得過程很煎熬、很痛苦、很想睡，為什麼我非得忍受這種苦悶的修行不可？是上班摸魚的報應嗎？是偷藏私房錢的懲罰嗎？還是供養酒店小姐的金額曝光了？神啊，請原諒我。副駕駛座與後座的家人在剛出發時原本還興高采烈地跟我聊天，但在塞了一個小時後，反應也變成敷衍的「嗯嗯」「喔喔」，不久後更只剩沉默。

轉頭看向副駕駛座，伴侶正在張大嘴巴睡覺。如果伴侶發現我的視線，也只會甩一甩頭找藉口：「我是為了預防乾眼症才閉眼睛。」到最後甚至放棄假裝清醒，直接對周公舉白旗，嘴裡嘟噥著「抱歉，我要睡了」便進入夢鄉。電視新聞的塞車報導，完全沒有傳達在塞車的背後，存在著被家人拋棄的可憐司機。

沒有實際困在車陣當中，不可能理解塞車的痛苦。那些曾是校花的主播，用看到職棒選手強健體魄時興奮嚷著「好厲害」的相同語調，報導「現場嚴重回堵！」到底想要表達什麼？塞車報導的意義在於傳達塞車的體驗，為什麼要如此娛樂化？記者有考慮過在車陣中忍受痛苦修行的駕駛們心情嗎？

最過分的是「瘋狂大賽車！塞車特別報導」。這個節目單元的內容是出動兩輛休旅車，讓其中一輛車走路徑最短的收費高速公路，另一輛走一般道路，繞道避開車潮，比賽誰先抵達目的地。當繞路組抵達目的地時，男性記者才剛表示：「好像還沒有看到最短路徑組的車……」最短路徑組的女性記者就突然從躲藏的地方跳出來說：「真可惜，我們已經到了！」畫面同時打上字幕：「結果揭曉，最短路徑獲勝！」這齣鬧劇到底想表達什麼？將塞車報導包裝成搞笑的娛樂節目，剛好證明了如實傳達體驗的困難性。

實際前往現場體驗的人所說的話也不可信，因為每個人的體驗都不一樣。舉例來說，我因為工作的關係認識了某個朋友，至今仍持續往來，那位朋友邀我去看地下偶像的演唱會，他說：「在那個空間裡，有現場才能感受到的自由、創意與熱情，你去了也絕對會迷上。那裡改變了我的人生，就像神蹟降臨一樣，我從來沒有過這麼滿足的感覺，那裡充滿了魔法。」我原本沒有理會他，畢竟怎麼可能都快五十歲了才開始追偶像，他就自己去鬧吧！而且他還曾因為女朋友跑了而大受打擊，差點栽入新興宗教，我就是知道這件事情才更不想去。

他的眼神與聲音洋溢著熱情，能夠讓單身中年男子陷入狂熱的源頭，或許值得另眼相看，最後我基於好奇心應允。那是平日晚上，在某條電器街舉辦的地下偶像演唱會。我從「地下偶像」這幾個字想像演唱會辦在充滿屎尿與酒精氣息的地下五樓封閉空間，但首先讓我驚訝的是，演唱會地點就在平凡的住商混合大樓展演空間，狂熱的演唱會就在那裡展開。說是狂熱，是因為朋友就在我身旁甩著已經稀薄的頭髮跳舞、大聲喊叫、揮灑汗水。有人在喊口號，有人在跳躍，有人從會場的角落守望著舞台，他們都綻放出熱氣。

但就在朋友強迫我跳那支有點噁心的舞，還被類似粉絲團團長的人批評我的動作「完全不合格」後，我對地下偶像演唱會的好奇心就完全倒向否定：「頻率對的話，或許真的會很著迷，但這裡不是我的容身之地。」體驗是一種非常個人的經歷，即使對某個人而言擁有改變人生的價值，仍然極有可能對其他人來說一文不值。所以當朋友問我：「很棒吧？人生改變了吧？」我也只能面有難色地回答：「這個嘛……」

有意義與有價值的體驗，就像尋寶一樣，只能不抱希望地直接接觸好奇的事物。即使地下偶像的體驗馬馬虎虎，依然留下了我已經體驗過的事實，絕非毫無價值。

話雖如此，我還是希望盡量避開糟糕的體驗，只要體驗愉快的事物就夠了，但人生有時就是無法從糟糕的體驗中逃離。譬如全家開車出去玩的時候遇到塞車、發薪日晚上把生活費交給家人、在還沒做出成果的階段就必須參加公司高層出席的會議，或是颱風與地震等自然災害。

人生就是得撐過這些糟糕體驗。在領悟到無路可逃時只能下定決心，採取戰鬥姿勢；或是是透過群眾募資募款，集結眾人之力來戰鬥。自己的體驗，比任何人轉述的知識都更能成為武器。請你想一想，在YouTube上看職棒選手全壘打的影片，和在打擊中心揮棒一整天，哪項活動更能讓你在業餘棒球比賽中擊出安打呢？

不過，如果先透過YouTube確認職棒選手揮棒的動作，將職業選手的姿勢烙印腦海，再前往打擊中心，效果一定會更好。換句話說，我們可以將他人的體驗當成知識來吸收。當知識與體驗結合時，就能呈現更好的效果。

我邀請那位試圖把我拖進地下偶像泥沼的朋友去看棒球，那天是我愛得不得了的東京養樂多燕子隊比賽。明治神宮球場的狂熱、藍天下的隊歌《東京音頭》、像花朵般綻放的雨傘舞、職業選手高水準的表現、觀眾隨著選手一舉一動發出興奮歡呼、球場上瀰漫的熱氣……一切一切，都與地下偶像有著共通之處。我心想，如果朋友迷上了棒球，把花在地下偶像身上的錢投入燕子隊，說不定球團手頭就會更寬裕，甚至簽下現役的大聯盟選手。又或者如果將他從昏暗的住商混合大樓帶到陽光底下，人生也會變得光明，說不定就不會執著於把我拖進地下偶像的泥沼了。

結果比賽當天下雨，選手與看台都被雨淋得溼答答，肌膚冷到起雞皮疙瘩；先發投手在首局就被打爆，比賽的發展就如同地獄；觀眾撐起雨傘不是因為全壘打後的《東京音頭》雨傘舞，而是為了擋雨。我以為朋友第一次看棒球就遇到這麼淒慘的比賽，應該不可能會迷上，結果朋友卻滿足地說：「這跟追偶像似乎有某種相似的部分，感覺很不錯。那種在最後一名拚命努力的樣子，就和腳踏實地的偶像全身都是濕淋淋的汗水一樣。」我拚命忍住想要大喊「別把職棒球隊和只比素人好一點的偶像混為一談」的衝動，畢竟誰也無法理解沒有經歷過的體驗。

就算我冷感……你還是會愛我嗎？

我們可以更冷感。我覺得時下流行的「熱情至上」氛圍實在很奇怪，即使面對不感興趣的事物，也必須用一句「好像很有趣」來展現熱情。其實人對事物產生興趣的能力有限，應該把這樣的能力用在真正感興趣的事物上。

我盡可能活得冷感，所以當認識的人問我對某個不感興趣的東西有什麼感想時，我都會老實回答「沒有感想」。對方通常會有點驚訝，覺得我不懂社交，與我拉開距離。但我覺得這樣的態度遠比裝出感興趣的樣子好多了。

如果只是驚訝還算好，有些人會真的生氣，對我說：「身為一個人，怎麼可能沒有感想。」想要對我進行再教育，或是雞婆地多管閒事，煩死了。

我認為「沒有感想」也是不折不扣的感想，只不過是將自己的想法老實說出來罷了，實在無法接受因為這樣就不被當人看。而且擅自認為別人和自己有著同樣程度的興趣，不是更奇怪嗎？

只有在兩種例外的情況下才需要假裝感興趣，分別是在「上司」與「伴侶」徵求感想或意見的時候。當他們詢問感想時，如果回答「沒什麼感想」，事情就大條了——我的人生已經反覆證明了這個理論。

如果對上司說「沒什麼感想」，有很高的機率會拉低上司對你的評價，讓上司覺得：「這傢伙真叛逆，很有可能在不久後造成問題，變成棘手人物，說不定還會把我當跳板。太危險了，雖然他還沒有做什麼，但是最好趁現在解決他。」最後在公司裡失去立足之地，被打入冷宮；至於在家裡說「沒有感想」更是蠢到極點，如果老婆問：「今天的料理怎麼樣？」，而你隨口回答：「沒什麼感想，硬要說的話，應該是有點辣吧。」那麼在你說完的那一瞬間，就會因為脖子遭到五金百貨店買來的鈍器般重物襲擊而昏迷。等你醒來，將會發現自己被膠帶捆了好幾圈，腦袋滲著血，在太平洋載浮載沉。由此可知，就算不感興趣也得裝個樣子，否則就會死在公司或家裡。

有些人在被徵求感想時，能夠回答出符合別人期待的內容，我很尊敬他們。但他們真的是這樣想嗎？想必也是勉強自己說出符合對方期望的感想。

不過，我倒是有個信心十足的理由，可以解釋為什麼當人聽到「沒有感想」時會生氣。因為這會讓他們覺得，別人就像在對他說「我對你不感興趣」。大家都知道，喜歡的反面不是討厭，而是漠不關心。

我曾經有個喜歡的女孩子，她是國小三年級的同學。一頭黑色的長髮、毫無血色的蒼白面孔，至今依然讓我印象深刻，彷彿電影《七夜怪談》的貞子。將近四十年前，我就讀的國小流行故意掀喜歡的女生裙子，吸引她注意力。現在這種行為會被當成性騷擾，必須立刻去性別教育委員會報到，但當時還沒有這種觀念。女生們雖然會尖叫「討厭！變態！」卻依然穿著裙子來上學。我也因為這樣的風氣，看準貞子的裙子，小心翼翼地掀了一下。周圍的女生們嗲聲嗲氣地尖叫「討厭啦！」但是她卻沒有反應，甚至沒有回頭。她健步如飛地走掉，動作就像用手驅趕黏在屁股上的蒼蠅一樣。我這四十五年來，被當成蒼蠅就只有那麼一次。貞子徹頭徹尾對我不感興趣。那時候我深刻感受到她非常討厭我。「討厭啦！」與蒼蠅之間的距離有一萬光年之遙。那天我躲進房間，用棉被蒙著頭哭泣。

如果不被當一回事，任何人都會覺得難過。那些對「我沒有感想」這句話感到憤慨的人，想必因為被當成蒼蠅而產生創傷吧？

冷感真的那麼糟嗎？我覺得這個社會過度吹捧對任何事都抱有熱情的表現。從小就一直有人鼓勵我們多方發展興趣，也一直被教導這是身為一個人理所當然的態度。

熱情確實很重要，但是請大家仔細想一想，我們不應該對任何事物都滿懷熱情，我們也有冷感的自由。自己主動產生興趣也是一種熱情。雖然那段被當成蒼蠅的回憶很痛苦，但貞子用自己的意志激烈地表達排斥，把我貶低成跟蒼蠅差不多的存在，我願意尊重這種個人意志的展現。

冷感也有好處，因為冷感就是一張白紙的狀態。像我這種平凡人，不該把原本就貧乏的能力浪費在對任何事物都滿懷興趣上。刻意創造漠不關心的冷感狀態，把自己的興趣集中傾注在真正打動自己的事物，更能獲得成功。

冷感不是虛無，而是為了真正需要的時刻保留能量，是為了培養興趣的嫩芽。重要的是必須隨時豎起雷達。能夠觸發雷達的場所數也數不清，譬如書本、電影、酒店、SM俱樂部，還有女僕店。

所以就算別人對我感興趣的事情毫無興趣，我也只會心想：「原來如此，這個人應該是想把熱情保留到必要的時候，才會如此冷淡吧！」

不過，當美女說「我對你一點興趣也沒有」時，狀況又有點不同。男女之間的沒興趣或冷感，意思就是「我不需要你，如果你可以立刻消失，我會很感謝」。千萬不要把冷感擅自解釋成「這是準備對我敞開心房」而跑去對方家門口站崗，或是從車站纏著人家到公司，最後變成《跟蹤騷擾防治法》的拘捕對象。被當成蒼蠅確實可悲，但請去找一個願意愛上蒼蠅的人。

貞子當時曾說：「為什麼我非得跟一個笨蛋交往？」她很清楚，一個人所擁有的時間與能力有限，必須做出某種程度的選擇，集中資源。人生可沒有和笨蛋交往的空檔。

「人人都會的工作」與「無人能及的工作」

我開始覺得，不管是工作也好、學業也好、研究也好、興趣也好，重要的不是從事無人能及的工作，而是透過人人都會的工作累積經驗，將自己的水準提升到無人能及的程度。

之所以會這麼想，是因為我和大家一樣都是平凡人，而且是個已經步入中年、沒有成長空間的大叔。另一方面，也有人說「人不管到了幾歲都仍有可能性」。沒錯，沒有人的可能性是零，再廢的人都有〇．〇〇一％的可能性。但是如果冷靜比較二十歲的自己與現在的自己，可能性絕對降低許多。可能性隨著年齡而增加的人不是沒有，只不過我不屬於那種人。雖然這只是我根據小範圍觀察所推測出來的結果，但可能性隨著年齡而降低的人應該占多數吧？如果有位四十多歲的大叔被說「還有成長空間」，結果打從心底感到開心，我反而會懷疑這個人是不是太樂天。

換個角度想，任何人的可能性都不是零，這固然是人生的美好之處，卻也是殘酷之處。每個人都有權利自由使用被賦予的時間，假使認清未來毫無發展可能，反而能夠認清事實，腳踏實地活在當下。但是只要有一％的可能性，即使有人想把往後的人生賭在這一％上也無可厚非。要是朋友吵著說「人生只有一次！我想賭賭看！」我或許也只會隨口勸他「不要吧？」當然，世界上確實有人去賭這微薄的可能性，而且賭贏了，所以誰也無法否定這場一％的豪賭人生。

我的前公司就有一位這樣的勇者。他是年輕菜鳥，在發表了「上班族沒有夢想」「我不想終其一生都這樣」等高見後就離開公司了。他在最後一天上班時對我說：「前輩真好，能夠一直在公司悶燒，像我就做不到。」那時候我以為就連這樣的蠢蛋，也懂得對我工作時如不熄之火般熊熊燃燒的熱情表達敬意，所以還笑著回答：「還好啦，我可是燒得很旺喔！」我那時相當自豪。但後來回味他說那句話時的語調與表情，才發現他只是在調侃：「如果像你這種廢物一樣燃燒不完全，可是會引發一氧化碳中毒呢。」我真想回去敲醒那個時候的自己。

「最好不要小看這個世界。」像這種正經的建議，聽在某些愛耍帥的人耳中，只會被當成多管閒事。更慘的是，還可能被他們抹黑為阻礙年輕人發展的「老人公害」。他們接收不到我的善意，真是太令人惋惜。

我問那位菜鳥君今後的展望，他天真地說：「我想要創業，成為征服商場的大人物，過著光鮮亮麗的奢華生活。」他口中的商場還真好征服。老實說，以公司的角度來看，他的能力完全不成氣候。當我建議他這樣做比較好、那個方法也可以試試時，雖然也有著設法伸出援手這種令人起雞皮疙瘩的微薄善意，但更多只是單純想要自保，畢竟我可不想在他出包的時候遭到波及。但是他完全沒在聽，他的意識想必飛到不知道哪顆星球的商場了吧？

他常常說：「這個工作不適合我，但如果是我能夠發揮才華的領域，一定能夠揚名立萬。再說，我可是為時尚而生的型男，就讀服飾相關科系的時候，連能力優秀的麻吉也稱讚我呢！當我發現從沒有品味的講師身上學不到東西時，就立刻輟學了。」

在他快要離職時，我問他今後的規畫，結果他給了我非常具體的回答：「先跟還在讀大學的女朋友搭乘日本航空的飛機去奄美大島，在近畿日本旅行社幫我們安排的飯店住個三天左右。我打算在那裡欣賞滿天星空、享受當地料理、玩玩水肺潛水。」原來如此，讓我完全搞清楚他的腦袋空到什麼程度，這輩子都不用再見到他真是萬幸。然而他在離職的幾個月後，再度來到我的面前要求復職。他說：「像我這種必要之惡，一定會對公司帶來幫助的。」這不是鬧劇，什麼才是鬧劇？

他之所以會變得這麼誇張，也是因為就連他「也」有〇．一％的機會在商場上成功。他只不過是在賭自己的可能性，沒有人能夠批評這點。如果可能性是零，就不會發生這樣的悲劇了。像這種無可救藥的廢物也有微薄的機會，才是希望與殘酷的所在。

為什麼會想做和別人不一樣的事情呢？歸結成一句話，就是「因為很酷」。創業、一個月賣一千輛車、把公司的規模擴大到一萬倍、和深田恭子交往……這些確實都很酷，就算是我，也想過過看這樣的人生；上班族遙不可及的，光鮮亮麗又拉風的人生。真是棒透了。

為什麼棒透了呢？因為我們只看見網美照表面所呈現的「棒透的人生」

中「棒透的部分」。雖然是陳腔濫調的比喻，但就像泳姿優雅的天鵝也得在水底下拚命划動雙蹼，在棒透的人生背後也必須付出划水的努力。只不過那些如天鵝般光鮮亮麗的人，沒有讓人看見自己划水的樣子罷了。一張網美照的背後，有一千張被刪除的失敗照片。所以只因為看見、憧憬光鮮亮麗的表面就貿然追求那樣的人生，有很高的機率會失敗。但就算我揪住這些試圖賭上一切的年輕人並提出忠告，他也不會聽吧？一定會被他撇清界線，得到一句「我和你這個臭老頭不一樣，我有無限可能性！」

賭上自己的可能性很了不起，但不能把這當成理由，否定庸庸碌碌的人生以及過著這種生活的人。舉例來說，上班族過著不斷划水的人生，這和光鮮亮麗的人在水面下划動是同樣的意義，差別只在於把划水的樣子表現出來或是隱藏起來。即使是像史蒂夫．賈伯斯那樣的天才，也曾被解除蘋果電腦的要職，人生絕非一帆風順。在他的背後，一定有著我們無法想像的苦惱與努力。換句話說，贏得亮麗人生的企業家及建立豐功偉業的天才，想必都在暗地裡拚了命划水，付出只有他們才能辦到的莫大努力。

不管擁有多大的可能性，如果只因為厭煩現在不斷划水的生活，就想過著擺脫划水的亮麗人生，都很難獲得成功吧？想過這種人生，就需要覺悟與體力，讓自己划得比以前更有力、更持久。

持續追求夢想是個人的自由，不妨放手去追。但除非擁有覺悟與體力，能在棒透的人生背後不斷擺動雙腳，否則夢想有很高的機率就只是夢想。我只希望大家在無法實現夢想的時候不要自暴自棄，做出惡性逼車之類的反社會行為，這是我唯一的請求。

說起來，從事無人能及的工作就像沿著山坡上的階梯，三步併作兩步往上衝刺，如果對體力沒自信，就是一件難事。不斷重複例行工作，則像踩穩腳步一階一階往上爬，任誰都能做到，但是堅持不斷累積，就能抵達無人能及的高度。

舉例來說，當了幾十年廚師的中華餐廳大廚，國中畢業後就開始學習烹飪，最後成為無人能及的炒飯仙人，收了好幾名徒弟，甚至還讓徒弟開了分店。這麼說雖然有點失禮，但炒飯仙人擁有賈伯斯般的聰明才智嗎？有像莫札特一樣的天分嗎？炒飯仙人具備的只是數十年如一日不斷在爐火前甩著炒鍋、暗地裡持續划動雙腳的覺悟與體力。我覺得這種不斷划水的能力與價值，不下於創造 iPhone 的才能。

無論是賭上人生的生活方式，還是在公司或工廠庸庸碌碌求生存，都沒有太大差別。如何評價從中找出的價值，終究取決於自己而非他人。如果下個粗略的結論，就是將人人都會的工作累積到無人能及的程度，即可變成無人能及的工作，說不定還能達到天才所到不了的高度，完成天才辦不到的事。這麼一想，就絕對不能放棄現在的人生，一切還有努力的空間。

剛才那位菜鳥君賭上自己一%的可能性，投入了自己想像的商場。而後就如大家預期，創業並不順利。他完全沒有不斷划水的覺悟，甚至連划都沒划。不懂得划水的人，不可能在人生的大海中悠游。謠傳他現在在市集與網路販賣手工印花T恤，賺著一點一滴小錢維生。他終於發現划水的重要性了嗎？或者依然以不勞而獲為目標，夢想著輕鬆創業呢？如果他的印花T恤賣得不錯，足以讓他買輛機車到處兜風，我也覺得欣慰。騎著禁止上高速公路的機車，奔馳個相當於繞地球一圈的四萬公里後，就算是理解力稍差的他，也能理解鴨子划水的意義吧？從今以後，我也會繼續不負責任地在一旁守護騎著機車、在一般道路上奔馳的他。

比小說更離奇的家庭故事

第 4 章

打呼釀成殺機

二〇一九年五月，日本年號一從平成變成令和，我熱愛的東京養樂多燕子隊就開始連敗。投打的齒輪完全軋不起來，或者應該說，投打的齒輪就像在劇烈的嘎吱聲中彼此磨耗，並且在不斷的耗損下陷入十六連敗的泥沼，甚至竟然追平了球隊在一九七〇年八月創下的中央聯盟墊底紀錄（附帶一提，日本職棒的墊底紀錄是羅德隊的十八連敗）。曾有一段時期登上首位的球隊變得慘不忍睹，可能是打擊太大了吧，那天晚上我灌了比平常更多的酒。我一喝酒就想睡覺，最後睡過站了。在燕子隊達成連敗紀錄的那個晚上，我到底花了多少錢在喝啤酒與搭計程車呢？我沒有算，因為算了更空虛。

隔天早上醒來後，卻發現不可思議的事。我不但沒有宿醉，甚至還覺得神清氣爽。明明應該是喝到爛醉才回家，卻刷了牙又洗了澡，還換上內褲和睡衣。門窗緊鎖，電燈也都關了。「哇！真是酒鬼的模範！」沒有人會這樣稱讚我，所以我只好稱讚自己。讚美自己有時候會像個白癡，最好注意一下。那時候的我，確實就是個徹頭徹尾的白癡。

醒來時看到一個白色的口罩落在枕邊。當然不是來自墨西哥的摔角選手為了隱藏真實身分而戴的酷炫口罩，而是感冒時罩住口鼻、用鬆緊帶掛在耳朵上的那種。這是怎麼回事？我完全沒有記憶。

後來才知道，這是老婆大人的傑作。凌晨五點多，我聽到有人用快死的聲音說：「醒醒……醒醒……」那是老婆的聲音，她搖搖晃晃地從隔壁房間走過來，歇斯底里地說：「我說真的，快停下來，你想害我發瘋嗎？頭好痛，天旋地轉……」我問：「怎麼了？發生什麼事？」她回答：「你的打呼聲搞得我快瘋了。」

「不會吧？有這麼吵嗎？我完全沒發現啊，喉嚨也不會痛。」

「根本就是地震！不只聲音，連地板都在震動。你是火山嗎？我不是跟你說過我的三半規管很脆弱，最忌諱震動了。」

「我記得啊。」

「那你的打呼聲是怎麼一回事！嗯！我又開始想吐了……」

「雖然我沒什麼自覺，但總之對不起。」

「沒有自覺的道歉根本沒意義，你無法理解我的痛苦吧！」

現在已經是不管說什麼她都會生氣的狀況了。

「總之我道歉嘛。」

她又搖搖晃晃地走回自己的房間。她看起來臉色發青，狀況似乎真的不太好，我感到很抱歉。

放在枕邊的口罩是她丟給我的。我睡著時震天響的打呼聲惹得她暴怒，於是把口罩丟給我說：「吵死了，戴上這個堵住你的嘴！」記憶中，我好像「哇哈哈哈哈」爆笑出聲，接著再度發出如雷的鼾聲。真是太糟了，老婆會生氣也是沒辦法的事情，這根本到了離婚的程度。

人生好難，人生真是太難了。我明明沒有惡意也沒有自覺，卻把對方逼到這種地步，不就是天然渣嗎？

我雖然每天晚上都打呼，但灌了酒後，打呼的狀況似乎特別嚴重。老婆大人臉色鐵青、搖搖晃晃地回房，氣若游絲地丟下了一句話：「你如果喝酒就不要回來了，不然我真的會死。求求你，喝酒後就去住商務旅館，雖然我不會贊助你。」我為了家人拚命上班，只靠傍晚喝點小酒的樂趣維生，卻在四十五歲的初夏早晨被勒令禁止回家，這全都是東京養樂多燕子隊的錯。

噪音是非常複雜的問題，工廠或飛機發出的噪音，從以前就被放在社會課本裡；鄰居發瘋似的大吼大叫，也是綜藝節目的常見話題。同樣地，打呼也始終是個社會問題，藥妝店甚至還設有打呼對策專區並販賣擴張鼻孔的用品，或是為了促進鼻腔呼吸而將嘴巴封起來的膠帶。生活中甚至常見因為打呼而導致夫妻失和的案例（附帶一提，我和老婆原本就分房睡，對外的正式說法是打呼問題，絕對不是因為老婆把我當成髒東西）。

我打呼的狀況一天比一天嚴重。以前雖然會被自己的打呼聲吵醒，但或許是因為隨著年紀增長，耳朵越來越不靈敏，現在已經完全醒不來了。聽說我喝酒後的打呼聲大到足以消滅人類，家人還證實，原本在室內飛舞的蚊子，也隨著我的打呼聲而漸漸消失蹤跡。把口罩丟給我的老婆，宣告了她強烈的意志：「下次再打呼，我就用吐司把你的嘴巴塞住。」人生最後，竟因為被配偶用吐司塞住口鼻而窒息，未免太過悲傷，於是我開始認真思考如何防治打呼。真心感謝東京養樂多燕子隊，如果沒有他們的連敗紀錄，我就沒有機會重新審視自己的打呼問題。

我後來去耳鼻喉科診所接受過敏原檢測，也就是抽血檢查自己對哪些東西過敏。原本只有老婆要接受檢查，她患有嚴重的花粉症，即使杉樹開花的季節結束，依然鼻水流個不停。但她建議我最好也一起去（兩人同行沒有優惠，所以檢查費用是兩人分，付錢的當然是我）。

我想自己應該是過敏體質。我經常會因為不明原因，突然全身癢到受不了。雖然清醒時可以控制抓癢力道，但如果在睡著的時候發作，就會在無意識中抓得太用力，導致隔天早上全身布滿抓痕，好像玩了什麼變態遊戲似的。

我走進耳鼻喉科診所，發現門診提供打呼治療，真走運！於是當醫生進行過敏原檢測前的問診時，我向他報告：「最近打呼好像很嚴重。」醫生邊問我：「每天嗎？」「從什麼時候開始的？」邊窺探我的鼻孔。雖然被盯著看的明明不是什麼羞恥的部位，但我依然感到害羞。醫生自言自語地說：「哎呀，這真是……」讓我這名患者坐立難安。醫生，你到底從我的鼻子裡看見了什麼啊？

醫生邊觀察右邊的鼻孔，邊說：「你鼻子裡的骨頭是彎的，而且彎得很厲害。這說不定就是打呼的原因。」我從來都不知道這件事，畢竟鼻子從來沒有挨過重擊。換句話說，這代表我用彎曲的鼻子活了四十五年。正當我手足無措的時候，醫生平淡地說：「那麼，我們先抽血檢查過敏原，你先去候診間等一下。」他的平淡並非出自於避免患者心慌的體貼，而是極度公事公辦的冷漠。

我與老婆抽完血，報告結果會在兩周後出爐。我和她說了醫生的觀察。

「咦？所以你的鼻子會一直是彎的嗎？」

「醫生也沒有給我任何指示啊。」

「總之把你的鼻子弄好，不然我會死掉。」

「好。」

我去付檢測費用的時候，也順便預約了打呼療程。如果狀況嚴重，說不定需要動手術。被醫生宣告「鼻骨是彎的」讓我大受打擊，從那天開始就忍不住一直在意自己的鼻子。本來天真地以為老婆一定會設法緩和我的不安，結果她只說：「難怪我總覺得你的聲音一直都悶悶的。」這句話只是讓我更加焦慮。

自從看完醫生後，我就經常對鏡交互比較左右的鼻孔，每次照完鏡子都不禁嘆氣，流下眼淚。該說是病由心生嗎？總覺得右邊的鼻孔好像塞住了。感冒流鼻水時，總是只有右邊鼻塞。學生時代讓我痛苦不已的長跑測驗、讀書無法專心導致成績不好、不受女孩子歡迎，這一切的一切，該不會全都是鼻子彎曲堵塞造成的吧？人類有兩個鼻孔，右邊歪曲，就表示有一半沒長好，相當於背負著五〇%的缺陷，我原本說不定會有更美好的人生。真是太慘了！

手術需要一筆不小的費用，但想到我的人生只剩下三十年左右，經濟考量下，事到如今才治療似乎也沒什麼用，畢竟這四十五年都這樣活過來了，繼續下去也無所謂。我也不認為在未來持續走下坡的人生中，還會碰上長跑測驗、考試或戀愛的機會。我把自己的見解告訴老婆，結果她給我這樣的意見：「不要再找藉口了，快去把你的鼻子割一割，趕快治好打呼，不然就給我去死！」接著好像還聽到了不顧我人權的可怕發言：「不動手術也可以，不過我可能會在你睡著的時候，用鐵撬把你的鼻孔撐開喔！」應該是我聽錯了吧……

你的善意，是壞人的提款機

惡意總是會驅逐善意。

即使身為一名旁觀者，看見善意遭到惡意利用，還是會憤憤不平。善意是不求回報的純粹心意，在這個世界上，還有比純粹的事物遭到汙染更悲哀的事情嗎？不，沒有。對心懷惡意的人而言，構成善意的要素——純真，不過只是有利可圖的機會，這更加深了現實的悲哀。善意總是成為被利用的目標，真是太可悲了。

二十幾年前，我讀大學的時候，北海道發生了大地震。這場地震引發大海嘯，導致一座小島遭受毀滅性的打擊。幾天後，一群和我差不多年紀的玩咖與辣妹舉著手寫標語在街頭展開募款活動，真是人不可貌相。瓦楞紙上用黑色馬克筆寫著「請幫助北海道」，我從這幾個醜到無法客套讚美的字跡中，感受到一股拚勁與真誠心意。我對於自己沒有採取任何行動，只覺得「災民好可憐，希望他們加油」感到羞愧，於是捐出幾百塊的零錢，聊表善意。

那天晚上，同一群人在居酒屋「養老乃瀧」開慶功宴。

一定是我看錯了，沒有人會邪惡到利用別人的不幸來發財吧？難道我們終究還是得以貌取人嗎？辣妹怎麼可能從事志工活動？我沒有上前確認真相，並不是害怕他們人多，而是如果被反過來質疑：「那你又做了什麼？」我也只能束手無策。

對於心懷惡意的人而言，欺騙善心人士想必很輕鬆，就像職業拳擊手擊倒毫無防備的業餘拳手那樣輕而易舉。

太難過了，沒有什麼事情比被曾經相信的人背叛更痛苦。這份痛苦再加上「我怎麼那麼笨」的自責，就會變得更加沉重。

最近老婆就因為善意遭受利用而陷入低潮。我的重要工作就是安慰她：「別氣別氣，不是妳的問題。」能在家庭內發揮功能，真是值得慶幸。

那是一起出乎她意料的重大事件，讓她怒吼：「太離譜了！」「難以置信！」「根本該判死刑！」但就我來看卻是意料中的小事。我不是當事人，只是個旁觀者，才能夠如此冷靜分析。人類是殘酷的生物，雖然我嘴巴上說「我懂你的心情」「我也這麼想」，卻從頭到尾都置身事外。像這樣裝出感同身受的凝重表情，實際上卻把對方的話當耳邊風，也是大人的處世之道。

老婆是名兼職員工，在市區的餐飲店工作，每周排班三天，時薪不明。她開始兼職是為了貼補家用，但我卻沒有經濟負擔減輕的感覺，完全不知道她的薪水去了哪裡。就像安倍經濟學的效果一樣，雖然政府主張獲利不少，卻搞不清楚錢到底是被誰賺去，真是太神祕了。世界上充滿許多最好別知道真相的謎團，例如「尼斯湖水怪的真相，是某個笨蛋為了滿足自我需求所打造的模型」——這種無聊的故事，我已經不想再聽了。

老婆任職於一家供應便當與午餐的餐飲店，負責所有調理、訂貨與進貨作業。宣稱「興趣就是吃美食」的她，會選擇餐飲店工作，就像水往下流一樣自然。她從事喜歡的工作，卻因為不滿意工作環境而瀕臨崩潰邊緣，而怒氣的矛頭指向同一家餐飲店的正職員工。

做事一板一眼的老婆為了在上班鈴響時就開始工作，總是主動在表定時間前提早到店裡。但是她擁有連一粒灰塵都不放過的鷹眼，所以如果比其他人早到，就會找出能做的事情，譬如倒垃圾、訂購不足的食材、簽收早晨送來的貨品。在非上班時間工作不會加薪，她只是順手處理必要事項，這些行動完全出於善意。

但是正職員工卻開始命令她「早上先來把垃圾倒一倒」。老婆心想：「不是吧？我倒垃圾單純出於好心，提早上班又沒有多給錢，我也不一定每天都能提早，把倒垃圾當成工作對我下令，只會造成我的困擾。」但她依然基於舉手之勞的善意，持續照做。

正職員工大概很開心吧？竟然有人明明沒多領錢，還願意提早來幫忙，真是充滿奉獻精神的好人。結果老婆的工作變得更多，早上送貨的業者增加，還被命令提早到店裡簽收。

老婆暴怒。她雖然只是個領時薪的兼職員工，但是當面對不公不義與配偶扣除額時，她的雷達比誰都加倍靈敏。她心想：「做這些只是出於好心，為什麼要把工作丟給我？而且還完全不打算支付額外薪水，開什麼玩笑！」

老婆的善意遭到利用。她原本一直相信正職員工與自己相處時也心懷善意，但對方卻只把她當成濫好人，說不定還竊喜：這個人的善意太好用了！

我們不能提供過度的服務，因為一旦提供不符成本的服務，這樣的規格就會成為理所當然。就像廢柴歐吉桑在颱風夜走進一家空蕩蕩的酒店，來坐檯的是碰巧上班的第一紅牌。於是這位歐吉桑就以為這種高規格服務是酒店標配，但第一紅牌下次當然不會再搭理他，最後演變成糾紛。雖然提供超值服務是基於希望對方開心的善意，卻容易釀成悲劇。

於是我建議：「既然沒多給錢就不要提早去了，只要準時上班就好。」也就是提供符合成本的服務即可。站在使用者的角度來看，好用的人就是會忍不住想要過度利用。我自認為這樣的說明很好懂，但有時候，用道理是講不通的。人類會憑情緒行動，當情緒開始激動時，就會凌駕於理性之上。

老婆放話：「不，我還是要提早去。我明天也會在相同的時間上班！」

我完全搞不清楚這麼做的意義。

「因為如果我從這個時間點開始不再提早上班，不就像是輸給那個傢伙嗎？我才不想要這樣。」

「這不是輸贏的問題吧？既然被占便宜就應該逃跑啊！」

遇到騷擾或霸凌時也是如此，首要之務不是強硬對抗，而是逃跑，為什麼這麼簡單的道理都不懂呢？

結果老婆有點生氣：「你給我建議的時候，應該考慮我的個性啊！」

我的善意提醒，對她而言一點也派不上用場。我的善意完全不夠。

人類不會基於正確或錯誤的判斷而行動。有些人明知被占便宜，也要正面碰撞。就是因為用道理說不通，人生才有趣——我就是如此樂觀看待人生。

每天都為了該穿哪件內褲而苦惱（煩）

在崇尚預先規畫的現代，刻意過著漫無計畫的生活，不也是一種浪漫嗎？這種生活方式就像爵士樂一樣，雖然遵循基本原則，演奏時卻重視自由發想與即興創意。舉例來說，我就絕對不會事先決定明天要穿什麼衣服，連想都不去想。「不讓未來的自己煩惱」這種心態太不搖滾，我才不過這種生活呢！畢竟煩惱也是一種人生樂趣，我想要根據早上起床時的天氣、心情、感覺，憑直覺選擇內褲。

站在鏡子前面穿上藍色內褲，邊搖著屁股邊想：「今天的心情好像不太blue，既然這樣，就從抽屜裡拿出熱情的紅色內褲看看！」這樣的人生不是更棒、更有人味嗎？在當天的當下那一刻，邊煩惱邊做出決定，才更像「活著」不是嗎？如果一早就看破世俗，盯著前晚決定的衣服，在心裡尖叫「我無論如何都不想穿！」那麼，是順從這個聲音會活得比較像個人，還是反抗這樣的聲音呢？答案顯而易見。

我老婆是個重視規畫的人，她認為制定規則並遵循規則才是正確的。我家的月曆像記事本一樣寫滿了她的行程，沒有多餘的空間可以把我的寫進去。她還會事先規畫好一周的晚餐菜色，如果有特別的外出行程，也會事先用面紙做好晴天娃娃祈禱好天氣，絕對不偷懶。結束任務的晴天娃娃被當成「用完的面紙」隨便丟進垃圾桶裡的樣子，讓我聯想到在不遠的未來，自己穿著破破爛爛的衣服、被老婆拋棄在海邊的身影，只得強忍著淚水過日子。

我不知道老婆依照規畫行事是對是錯，只知道這絕對是我家的行動準則。當事態發展符合規畫時，一切都很和平。和平十分美好，美好到就算只是邊看著鄰居住家的磚牆，邊唱著披頭四經典名曲〈嘿，朱迪〉都很有趣。

但是和平也很脆弱。和平的點數無法累積，只要一個小失敗，和平就會瓦解，非常無情。

如果我做了什麼打亂老婆規畫的事情，就會立刻落入地獄。譬如喝到爛醉後回家，邊發出「嗚呼！」「魚類！」等意義不明的怪聲，邊跳了一段《月薪嬌妻》的「戀舞」後才睡覺，結果隔天早上因為宿醉與嚴重腹瀉，導致原本規畫的活動無法進行，老婆就會立刻擺出一張臭臉，原本持續一段時間的和平日子，也會像假的一樣消失無蹤。雖然這只是我的想像，但我認為她以前可能曾發生過計畫被打亂，導致重要的人捲入生死交關的重大事件吧？否則無法說明她非得依照計畫行動，如果偏離計畫就以肅清之勢大發雷霆的反應。

根據長谷川町子老師的原著改編而成的日本長壽動畫《蠑螺太太》中，有兩個國小生角色，分別是鰹小弟與妹妹裙帶菜小妹。不知道各位有沒有注意到，他們幾十年來，在睡前都一定會進行一項儀式，那就是在換上睡衣後，一定會先把明天準備穿的衣服摺好，放在日式床墊的枕頭旁邊。裙帶菜小妹表面上是個認真的乖寶寶，不難想像她會忠實執行長輩的教誨；而永遠保持搖滾魂的鰹小弟總是忘記寫功課，發揮摸魚的才華，但就連他也一定會在睡前準備好隔天的衣服。我忍不住思考，其中應該有什麼深沉黑暗的內幕。

我家老婆也會在睡前執行這樣的黑暗儀式。她會把隔天準備穿的衣服整理好放在床鋪旁邊，即使睡眼惺忪，也會先將長褲、上衣、襯衫、T恤、襪子、絲襪、胸罩等依照換上的順序疊好。我不想問老婆這個儀式的意義，因為她想必會對我的問題不屑一顧，回答：「連這麼簡單的事情你也不知道嗎？」讓我只能咬著嘴唇流下不甘心的眼淚。所以這只是我的推測：事先決定換上衣服的順序，是為了避免讓明天的自己太過煩惱。這是多麼現代又有系統的想法啊！

我以前也有一位習慣事先做好規畫的同事。他每天都會一大早來公司，像被惡魔附身一樣，專心致志地寫下當天下班前該做的事情，並且依照順序一一完成。他邊自言自語地說著「完成」「完成」「完成」，邊畫掉待辦清單上的事項，看起來實在有點詭異，但我忘不了他在完成所有預定事項的傍晚所露出的陶醉表情。簡直是個當事先規畫好的事情依照安排好的順序完成時，就會達到高潮的變態。

我問他：「為什麼所有的事情都要先規畫好呢？」他回答：「不這麼做我就會坐立難安。」我接著又問：「如果計畫被打亂了該怎麼辦？」我問這個問題原本是想刁難他，但他卻給了我一個不算回答的回答：「我會避免打亂計畫！」沒錯，根本沒有回答我的問題。如果事情能夠隨心所欲地發展，在這個世界就能活得很輕鬆。但現實怎麼可能這麼美好，只遵循一個人的規畫發展。一旦發生意外，他就會焦躁不安，心情明顯惡化，還經常遷怒同事或後輩，簡直是擾人的公害。就算沒有直接遷怒，他那「可惡」「爛透了」「去死」的自言自語，也會把周遭的氣氛搞僵。但他卻在尷尬的氣氛下浮現陶醉的表情，堪稱被虐狂的典範，喜歡被自己的計畫掐住脖子。

事先做好詳細而嚴謹的計畫，是為了讓將來的自己更輕鬆。但若因為事情無法如預期般發展而開始焦躁，那就本末倒置了，連拉拉熊[8]也會變成志雄[9]。這位同事的下場很可憐。他的工作基本上是每天外出跑業務，但是他卻因為無法依照自己擬定的計畫拜訪客戶而心生焦慮，最後竟然捏造進度報告。他完全就是為了計畫而殉道的男子，不斷在報告中謊稱「一切都如預期般進行」，最後遭到調職。我沒有持續研究變態人生的獵奇興趣，所以不知道他現在過得如何，但我相信他至今仍是個變態，活在被自己的規畫掐住脖子的狀態中，即使在彌留之際，他依然能在待辦事項清單上的「死亡」項目旁打勾。這樣的人生我可敬謝不敏。

每個人都有自己的生活方式，隔天穿的衣服是要今天決定，還是要等到隔天早上再決定都可以，但是不能過度受制於計畫。我們活在當下，只活在這一瞬間。過去擬定的計畫，全部都是過去的自己所做的決定，過去無法為現在負責，能夠為自己的人生負起責任的只有現在的自己。所以我認為，傾聽現在的自己純粹的心聲，根據這個聲音決定要穿藍色內褲還是紅色內褲，或許才是人類該有的姿態。

活著就是煩惱。我也不希望未來的自己受苦，想讓未來的自己更輕鬆，這不是理所當然嗎？但是回顧至今為止的人生，苦惱的回憶所留下的印象幾乎就和愉快的回憶同樣深刻，甚至更加深刻，強烈地影響現在的自己。這麼一想，就會覺得充滿煩惱的人生或許更加充實。

8 編註：日本 San-X 公司出品的卡通形象，是一隻過著慵懶生活的布偶熊。
9 編註：日本漫畫《神劍闖江湖》角色。

困難的是，即使明白煩惱就是人生，依然有不少人不容許煩惱的存在。

每天早上，當我對著鏡子煩惱該穿哪一件內褲，把藍色內褲的鬆緊帶反覆拉到腰際又扯到臀部左思右想時，就會聽到老婆不耐煩的聲音：「不過就是一條內褲而已，快點決定！」

「傾聽自己的心聲之前，還有更需要傾聽的聲音。」

雖然思考人生大道理是一件非常困難的事情，但是絕對不能弄錯該聽的聲音，否則將會看見比地獄更殘酷的景象，這是我的切身之談，一定不會錯。

正因為無意義，才能誕生意義的時代

多數事物只要經過搜尋，就能事先得到答案或結果；一旦發現通往終點的最短路徑，自然就會循著捷徑前進。但如此一來，這件事情將會變得極度機械化又無趣，任何人來做都會得出相同結果。我認為只有在不斷繞遠路、試錯後回過頭看發現毫無意義的事情，才能產生人的溫度，也就是一個人的個性或風格。

從起點沿著捷徑直達終點的路途非常狹窄，反之，從起點出發後偏離捷徑、左彎右拐才抵達終點的路途，就會因為吸收了不必要、多餘的事物而不斷被拓寬。該把這條寬廣的路當成多餘贅肉，還是人生的樂趣呢？我偏好後者。

以翻單槓為例，這對人生而言並非必要，而且實際上大概只有國小生的對話會聊到翻單槓。體育課時，擅長翻單槓的學生得到老師的稱讚，在同學間宛如英雄般備受擁戴，大家都熱烈討論：「要怎麼做才能翻得這麼好？」「運動神經有差啦。」「可以參加奧運了。」不過遺憾的是，這位同學不但沒有成為奧運選手，現在還腆著一顆不動如山的啤酒肚，只能說歲月不饒人。

我清楚記得我家老婆曾氣憤地說：「翻單槓到底有什麼意義？」那一瞬間，我不太確定她是不解「抵抗地球重力，將身體拉到單槓上再前翻」這項運動的構造，還是思索翻單槓對青春期孩子的影響，抑或是對翻單槓的教育意義投以質疑。但那個時候，我只清楚知道一件事情，那就是如果說出口的答案不如她意，毀天滅地的災難就會降臨。換句話說，我不能像平常那樣隨口敷衍，畢竟已經有好幾次因為隨口敷衍導致老婆大發雷霆的紀錄。

我謹慎地詢問這句話的用意，她的意思是：「翻單槓這項運動，在現實生活中毫無用處。」老婆是個運動白癡，常常讓人擔心她的運動神經是否還健在，這番言論就是為了正當化自己不會翻單槓。她同樣做不到的運動還有跳箱。除非是體操選手或教練，否則世界上大多數人都不會因為翻不過單槓或跳不過跳箱而困擾。「為什麼在追求效率的現代社會，依然存在著這種沒用的運動呢？」這是她對這個世界提出的質問。昭和、平成時代翻不過單槓的怨恨，讓她想在令和時代討回公道。我由衷敬佩這份執著。

翻單槓或跳箱在現實生活中發揮不了任何作用。我最後一次成功翻過單槓，應該是在二十年前的晚上，某座公園的兒童單槓；跳箱更是從畢業後就一次也沒有碰過，甚至連看都沒看過。

現實生活不需要單槓和跳箱，這點無庸置疑。但只因為「不需要」，就斷定「沒有存在的意義與價值」，是否太過武斷呢？回想起擅長運動的同學，曾以彷彿停格般的優美姿勢，展現翻過單槓或跳過跳箱的模範技巧，讓我佩服到感動的地步。如果有人對我說這樣的感動沒有意義，我會回擊：「這難道是運動白癡的自卑？」不過我知道，這樣的回答就相當於點燃老婆內心的火藥庫，將導致嚴重燒傷。

那麼拿老婆熱愛的東京迪士尼樂園來比喻如何？迪士尼樂園對生活有幫助嗎？大排長龍等待搭乘遊樂設施或吃午餐有價值嗎？早上開園前就在門口排隊，在園內購物、吃飯、看煙火，直到閉園前一刻都在場內活動，等到身心都染上老鼠味後才開車回家。回到家後，看著自己在洗臉台鏡中所反映的表情，只能用「虛無」兩字來形容。很遺憾，迪士尼樂園對我來說，並不是個有意義的場所。

於是我問老婆：「迪士尼對你的生活與人生有什麼幫助嗎？在那裡感受到的信心、愛與友情，能夠讓你更富足嗎？」雖然我用的是問句，但其實真正的用意是說教：「對你而言十分重要的場所，說不定對別人來說，就像你恨之入骨的翻單槓一樣。」

每個人都有自己的價值觀。而每一種價值觀都重於地球——我想要強迫她接受這個有點肉麻的觀念。

我原本期待她反省：「你說的沒錯，或許我的視野有點太狹隘了。從現在起，我會把你當成目標，期許自己像你一樣了不起，能夠認同多元價值觀。」但才過了一秒鐘，這份希望就被她輕蔑的語氣推翻：「不，那可是對所有人類來說都有意義的地方。我才不信有人會不懂迪士尼的價值呢！」

我正準備委婉地反駁，但才剛開口就被她打斷：「你明明也玩得很開心，比我還更開心。」真的嗎？我回憶那天的自己，如果有人問我「你那天玩得很投入嗎？」我能夠抬頭挺胸地否認。但是如果排除「被老婆拖去」的被動立場、長時間等待及人擠人的場面等負面因素，單純聚焦於「玩得投入嗎？」這項問題，那麼我不得不承認：「確實玩得很投入。」

不得不說，搭乘遊樂設施時，我的歡呼聲比老婆更大；來到「玩具總動員瘋狂遊戲屋」這個遊樂設施時，我邊發出怪聲，邊以玩具槍瞄準目標；當雲霄飛車開到拍照點的時候，我朝著天空舉起雙手，張開嘴巴放聲大叫；觀賞電子花車大遊行時，我朝米奇與米妮瘋狂揮手，當他們有所回應，我整個嗨翻天，對老婆嚷嚷「看到了嗎？看到了嗎？他們也對我揮手了！」那天真的很開心，我根本玩瘋了。但是事後卻因為把焦點擺在負面因素，導致情緒消沉，就連玩得很開心這件事實都忘得一乾二淨。

老婆對單槓與跳箱的回憶，是不是就像我對迪士尼的回憶一樣呢？她在體育課被迫翻單槓或跳跳箱時，從頭到尾都是痛苦的嗎？應該不可能吧？譬如觸碰單槓的那一瞬間、朝著跳箱起跑的那一瞬間。單槓冰冷的觸感、吹撫在臉上的微風、跳箱帶給屁股的柔和感受，應該都相當爽快吧？只不過從單槓墜落，或是屁股坐到跳箱上的悲哀事故形成內心創傷，抵銷了在某個瞬間應該有過的爽快感。就像我對著米奇瘋狂揮手的那一瞬間內心的激動，完全被排隊搭乘遊樂設施或進入餐廳的時間抵銷一樣。

很可惜，老婆表示完全沒這回事。她在翻單槓時，連〇．一秒的愉悅瞬間都未曾有過。看著老婆擺出一副「看你還有什麼想反駁」的姿態，我昧著良心說：「你說的沒錯，翻單槓真的很沒意義，不會翻單槓也無所謂，畢竟有很多人就算不會翻單槓也依然非常了不起。不，說不定了不起的人物大多不會翻單槓，像你就是其中之一。」

即使當今社會鼓勵做自己，有時候還是必須隱藏自己的真實想法，真是太痛苦了。是否該說出真實想法，全憑自行判斷，如果出問題也必須自己負起全責，這一點更是讓痛苦變本加厲。

面對我家老婆，只能把單槓與跳箱當成例外中的例外，姑且視之為對人生沒有意義的事情。但我依然覺得，現今社會在評價事物時太過講究「有沒有意義」「有沒有效」。當然，對工作而言，效果是一大重要參數，但如果這項參數的比重失衡，或是硬將這樣的思維套用到人生，就會因為過於緊繃而不堪負荷。

人生只有一次。在難得的人生當中，雖然還是得做出成果、留下實績，但我也想要盡情耍笨與犯蠢。我當然無意否定走捷徑的人生。但就如同俗諺「欲速則不達」，我們似乎經常在無意義的繞遠路時碰上機會，後來才發現原來自己走的是捷徑。

換句話說，是否要讓一件毫無意義的事情變得有意義，端看個人。我不覺得這篇文章能對生活帶來直接效果，所以我想正在閱讀這篇文章的各位怪咖，都能理解無意義與繞遠路的價值，我說這麼多是在班門弄斧，各位就姑且一聽。我最近的目標是化身為沒血沒淚的魔鬼教練，訓練老婆直到能夠翻過單槓為止，讓她理解將身體從單槓上方翻過時才能品味的感受。一旦能夠翻上單槓，有沒有意義都無所謂了，不是嗎？

泥4看不起人生ㄇ？

維持人際關係，比建立人際關係更困難。結婚後，這樣的想法一天比一天強烈。

我總是避免主動發表對人際關係的看法，因為我可以預見，不管多麼設身處地提出建議，對方都會反駁「輪不到你說話」，導致氣氛變得尷尬。尤其如果提到家人，甚至容易演變成拿酒瓶互毆大戰，所以我絕對不會這麼做。

婚姻就像脆弱的寵物，說得更具體的話就是吉娃娃，必須餵牠吃飯、帶牠散步，日常照顧缺一不可。相較於婚姻，父母子女或兄弟姊妹則像無需照料也能在草原生存下來的野生動物，甚至好幾年不見都依然保有穩固的關係。我在結婚前，以為夫妻關係會自然隨時間培養出野生動物般堅強的韌性。我也曾在喝到爛醉的時候，莫名其妙糾纏資深前輩，問他：「部長！您與夫人的關係，就像夫人的法令紋一樣深厚吧？只要一起生活，就能容許彼此年老色衰吧？」為什麼會這樣糾纏他呢？因為比我更早結婚的前輩雖然嘴上讚美「結婚很棒」，臉上卻多半帶點看破紅塵的神色，讓我感到十分不可思議。

我過去一直覺得結婚是種特別的行為，是最棒、最強的魔法，甚至誤以為婚姻的結合遠比其他關係更強而有力，當時的我真是太嫩了。後來某位前輩告訴我：「我們之所以會說結婚很棒，是因為如果不這麼說，根本不可能在婚姻中撐下去。」真希望他們可以不要放馬後炮。

我現在的擔憂是，搞不好只有我把婚姻當成吉娃娃。我日復一日抱怨著婚姻就像吉娃娃：每天早晚出門散步麻煩死了；幫牠換衣服真夭壽……但反觀周遭，或許大多數人不需要費什麼心力，就能在神明加持下，夫妻倆恩恩愛愛地逛著 IKEA 或 COSTCO，享受深情對望的時光。

這裡突兀地提到神明，是因為我沒有舉辦婚禮。換句話說，可能是因為沒有在神佛前立下婚姻誓約，神明或佛祖才會賦予我試煉。如果當初支付神父或法師一筆離譜的費用，請他們在套裝儀式裡誦念千篇一律的證婚誓詞，立下婚姻誓約，說不定婚姻生活就不會變得像吉娃娃一樣了。早知道就不要省這筆錢。

老婆常提出一道難題：「你知道我說的是什麼意思吧？」如果說的是 A，答案當然也是 A。但這種直覺式的回答卻是老婆的地雷，一開口就會掉進地獄。或許就連歡樂智多星也很難正確回答吧！

但笨到老老實實地說「我不知道」，也保證會下地獄。這時候就需要一點技術。

兩種解決方法，一是不斷閃躲：「我知道，我當然知道。就是那個，你說的是那個吧！最近老化得特別快，總是想不起來具體的名字，但我已經在心裡浮現出清楚的樣子了……」

二是坦白從寬：「我不知道。啊，不要生氣，三分鐘，只要給我三分鐘就好了。你最喜歡的電視劇《遺留搜查》[10]，不是都會說這句台詞嗎？沒錯，我很了解你，不過這次就連我也束手無策。我知道你不是冷酷的人，不會對我這種無知的善良小市民如此無情。我也不想一直當個無知的笨蛋，求求你告訴我，給我一點線索嘛！」

10 編註：以推理刑事為題材的日本電視劇。每集尾聲，劇中角色糸村警官會向被害人家屬請求三分鐘的時間，為被害人梳理內心真實心聲。

這兩種不要臉的說詞，就是我想出來的不敗戰術。只為了讓老婆大發慈悲說出一句「算了，沒關係。」竟然非得像個笨蛋不可，這是因為我還想繼續維持這段如吉娃娃般需要費心照顧的關係。如果我希望關係結束，只要超強勢地留下所有身家財產並丟下一句「誰知道啊，我又不會通靈，最好是會知道啦！」就能拋棄吉娃娃離家出走。

我不惜公開自己見不得人的家務事，是想要告訴各位，為了維持人際關係，平常就需要不斷努力。這種努力看在別人眼裡，有時候既愚蠢又滑稽。但反觀自己為了討伴侶歡心，又付出了多少窩囊且難為情的努力？像是特地去車站名產街買自己不太想吃的蛋糕，或是規畫自己不太想去的旅行。沒錯，維持人際關係，需要的就是這些窩囊的手段。你就抬頭挺胸，昂首闊步向前走吧！

脆弱也好，堅強也罷，想要維持良好的親近關係，就必須做出一定程度的犧牲。如今，紀念日晚餐或家庭聚餐開始成為商人的促銷策略，正顯示人們為維持關係所付出的努力越來越普遍。前幾天我打電話到某間餐廳訂位時，店員問我：「請問當天是什麼日子呢？」「需要準備驚喜蛋糕嗎？」他們積極提出各種建議，讓我相當驚訝。

如果希望關係持續，就不能對關係本身產生依賴，必須對關係進行補強。因為人際關係變質而發展成殺人或傷害事件的案例，幾乎每天都在世界的某個角落發生。許多不幸事件都發生在家人、戀人、友人等親近的人際關係當中。這些事件的起因，或多或少是疏於努力維持關係。

「我還以為你懂我。」

我不禁覺得，會因為對方不懂自己而墜入絕望深淵，是因為太過依賴這段關係。我曾遇見一位屢次騷擾部下的恐怖上司，當他遭到包含我在內的部下控訴時，卻開口用有點噁心的藉口辯解：「上司與部下不就是一種遊走灰色地帶的關係嗎？我的嚴格當中有著愛啊！」

最近有太多蠢蛋以為只要有愛就什麼都能被原諒。進入二十一世紀後，日本到底存在多少吃軟飯的樂手（三十八歲），在揍了自己的上班族女友（二十九歲）後，再摟著她輕聲說些「寶貝對不起，不是不愛你……」之類的情話呢？光想就覺得心情很差。當然，不是有愛就能為所欲為，更多的時候是正因為有愛，所以才不能原諒。舉例來說，如果我露出小雞雞在家裡大搖大擺地走來走去，老婆大概會拿著菜刀威脅我：「快把那個髒東西給我收起來！」但如果露出小雞雞的是陌生人，老婆就不會亮出菜刀，只會急忙打電話報警。換句話說，正因為有愛，小雞雞才會被菜刀威脅。

孕育愛苗依然很難，但建立人際關係卻越來越容易，只要上網就能一秒變朋友。然而在這個三兩下就能交朋友的時代，有多少人理解維持關係的辛苦呢？與許多人建立關係不是壞事，我們也可能從中發現珍貴的事物。但如果因為人際網絡太過繁重而忽略重要的人，那就本末倒置了。這讓我想起有位悲慘的歐吉桑，因為在酒店裡對所有坐檯小姐都用「泥豪可愛啊～」搭訕，導致小姐們都覺得「哎呀，他對辛蒂也這麼說」「他對大家都這麼說」，根本不把他當一回事，導致他一次也無法把小姐框出場。由此可知，沒有什麼比加深速食關係更困難。

人際關係的建構變得容易，人際關係的持續卻需要努力，真想調整這種不均衡的狀況，讓人與人的往來更加輕鬆愉快。曾有人請我談談對於人際糾紛的看法，我老實告訴他：「你只是缺乏維持關係的努力而已，像你這種外表與能力都平凡無奇的人，需要比別人加倍努力。」結果他氣得回嘴：「你什麼都不懂竟敢說我不夠努力？你知道我有多重視人與人的連結嗎？像你這麼失禮的人，我要跟你絕交！」真不知道他說這話是重視還是輕視人際關係。像他這樣只聽自己想聽的話，置身於半上不下的關係當中，似乎也能活得下去。附帶一提，這位仁兄被老婆孩子拋棄，過著平日上班、假日泡三溫暖看賽馬的充實生活，真是美好又充滿愛的人生。希望他能小心避免孤獨死，以免造成大樓住戶的困擾。

我覺得最不可思議的是，即使是經歷了（自認為）命中註定的奇蹟邂逅，而後克服了（自認為）眾多如繁星的障礙才步入婚姻的（自認為）神仙眷侶，也會在轉瞬之間勞燕分飛。之所以爆發這樣的鬧劇，也是源自於對關係本身的依賴。或許關係越是耀眼眩目，就越容易鬆懈吧？每當曾舉辦盛大婚禮的運動選手與藝人，在日後閃電式地為關係畫下休止符時，我就猜想可能是這個理由。

所有人際關係都是吉娃娃。如果不每天照顧就會生病。吉娃娃的大便很臭，如果惹牠不爽就會被咬，被咬到還很痛。不管是伴侶、朋友還是家人，當對方提出囉嗦要求時，希望你可以在心裡忍住抱怨的衝動。只要想像吉娃娃可愛的臉，默念「這是吉娃娃，是吉娃娃在叫。是吉娃娃，可愛的吉娃娃！」就能壓抑不爽的情緒，我就是透過這樣的想像保持心情平靜。即使對方提出「去暴風雪的富士山頂拍張照片回來」這種強人所難的要求，也只要回想吉娃娃可愛的樣子，在內心嘀咕「太離譜了！不過是隻吉娃娃而已，竟敢提出去爬富士山這種不人道的要求」就可以了。

如果感應到牠暗地裡有其他盤算，或是在爬富士山的途中發生什麼背叛行徑，或許就是重新教育吉娃娃的時機。不管是人際關係或吉娃娃都是生物，都會犯錯。只要原諒過錯，重新來過即可。當然也可以放棄飼養吉娃娃，結束這段關係，但最好還是避免使用把吉娃娃丟到收容所這種粗暴的結束方式，畢竟關係的終結也有其重要性。

我們沒有老花眼鏡那麼耐操

我小時候曾被迫寫悔過書。那是一項愚蠢的規定，強迫小孩寫出「我深刻反省自己的行為，以後會告誡自己再也不犯同樣的錯誤」這類八股文章，還要求「三十分鐘內寫滿三張稿紙」。這種強人所難的規定，讓這項制度顯得更垃圾。我不覺得將「我非常抱歉」五個字就能表達的內容擴大成一千兩百個字有什麼意義，所以第二張稿紙就用連續八十句「我非常抱歉」打發。因為我知道，費盡千辛萬苦寫出的悔過書會直接進垃圾桶，根本沒人會讀，就算偷工減料也無妨。換句話說，我被迫寫沒有人看的文章。從那時候開始，我更加堅信反省不該是被別人強迫的行為。

反省必須適可而止，我們可以決定自己想要反省的程度。只要問心無愧，就能結束反省。如果被要求再多反省一點，也不需要反射性地感到罪惡，不妨先問自己：「真的有必要繼續反省下去嗎？」

反省可以被要求，但是不能被強迫。我不懂強迫別人反省有什麼意義，就算別人強迫我好好反省，我也從來沒有乖乖照做過。

岳父前一陣子因為心肌梗塞而昏倒。我問他心肌梗塞是什麼感覺，他回答：「很像被什麼東西重重壓住，像是要被壓扁一樣的疼痛。」我不知道這是一般心肌梗塞的痛感，還是岳父個人的感受，但至少和我想像中那種會大叫「啊啊啊啊啊！」的痛感有點不同。

接到岳母通知「爸爸送急診」的時候，她只說「沒什麼大問題」「你們不用來探病」，語氣一派輕鬆，完全感受不到嚴重性。而岳父確實在隔天就轉到普通病房，還能對家人耍任性，我也放下心來。

後來才知道實際狀況完全不同，非常嚴重，只要再晚個幾步，岳父就會命喪黃泉。當岳母通知消息時，一方面為了不讓我們擔心，另一方面也因為狀況嚴重而不知所措，這兩種情緒加乘，讓她變得亢奮異常。這樣的狀態非常類似「登山者亢奮」。「登山者亢奮」因橫山秀夫的小說《登山者》而聞名，指的是登山者因為過度恐懼而變得過嗨，使得恐懼感消失無蹤，岳母當時的狀態就是如此。

我不能理解的是，愛逛醫院的岳父在養生方面堪稱達人等級，非常小心仔細，怎麼會沒有發現心肌梗塞的徵兆呢？送急診的一個月前，他在生日宴會上炫耀：「我就是健康的代言人，身體不痛也不癢，想做的事情太多，時間根本不夠用，昨天還在住家附近探險，走了好幾公里呢！」同時配著百事可樂大啖日本料理，甚至還多添了一碗飯。他的炫耀，來自日常養生的安心感。雖然我當時心想：「哎呀，岳父怎麼在喝可樂？」但他那神采奕奕的硬朗身影，依然讓我聯想到被辣妹一屁股坐下去也完好如初的壓不壞老花眼鏡。但是岳父遠遠沒有老花眼鏡那麼強壯。

「爸爸！真的沒有發病徵兆嗎？」老婆大人嚴格追問。

「真的沒有。我每天散步，也確實量血壓。」岳父如此回答。

「咦？家裡有血壓計嗎？」

岳父聽到我這麼問，回答「去年底買了新的」。

於是老婆大人要求岳父徹底改善飲食習慣，炸物只能十天吃一次，降低鹽分攝取量，飲食以青魚類與蔬菜為主，還有永遠不能喝百事可樂。

老婆繼續質問：「爸爸，你有喝水嗎？有攝取足夠水分嗎？」岳父回答「有喝有喝」。哎呀，我不忍心聽下去了。遭到質問時，如果重複兩次相同的回答，就代表相當可疑。

這是前幾天發生在我家的情景。

「為什麼你出門前沒有關掉廁所的燈？」

「我關了我關了！」

「是嗎？那廁所的燈是誰開的？」

「這個嘛……該不會是布偶小熊吧？畢竟世道如此艱難，我更寧願相信『玩具總動員』是真的。」

「嗯……你確定要繼續胡說八道嗎？」

「對不起，沒關燈完全是我的錯！」

現實中，可不會有狗頭軍師在暗地裡指導重複兩次相同回答的心虛男人們，正確的應對之道。

岳父雖然主張「有喝水有喝水」，卻因為良心的苛責而聲音越來越低，最後坦承「每天喝不到一杯水」「茶的話應該有喝」。

當老婆大人叮嚀以後要確實補充水分時，岳父大概已經受不了碎念，消沉地答應：「我知道了。」但是當岳父被問到「散步時有喝水嗎？」時，卻抬頭挺胸地說：「我有喝公園的噴水，沒問題的。」我腦中浮現岳父家附近公園裡的大型噴水池，他該不會把頭埋進噴水池裡喝水吧？我不禁向上天祈禱他這副英勇的樣子不要被傳上網。老婆雙手抱胸沉默不語，臉上維持著嚴肅的表情。親生父親每天把頭埋進公園的噴水池裡，這樣驚人的事實擺在眼前，還能說什麼呢？

有一件事讓我很在意，於是詢問岳父：

「您買了新的血壓計嗎？」

岳父說：「對啊，舊的好像有點漏風，所以就換成新的。」

我再次確認：「換成新的以後，血壓也沒有變化嗎？」

岳父先是否定，接著又說：「因為換成新的，所以數字有點高。大概高了二十左右。」

「什麼！」

血壓升高了不是嗎？而且明明也有自覺。

「我以為可能是新的儀器太靈敏了」。

不不，正因為是新的儀器，才能量出精確數字啊，為什麼視而不見啦！

「太離譜了！」「你嘛幫幫忙！」我們啞口無言。

人類只會看見自己想看的東西。岳父已經迫不及待地想向朋友炫耀從心肌梗塞死裡逃生的事蹟，看不出來有多深刻的反省，但我覺得這也無所謂。

更令人難過的情況是，即使自己已經充分反省，看在別人眼裡卻不一定是這麼一回事。要求當事人表現出痛改前非的樣子，不是很奇怪嗎？在道歉記者會上經常可以看見，即使當事人已經道歉，記者也一定會追問：「你還有什麼想反省的嗎？」

岳父很頑固。最近雖然沒有那麼嚴重了，但以前完全聽不進家人的勸戒。即使到了今天，臉上表情偶爾還是會透露當時的固執。

「把我常用的背包拿來！」

「把拖鞋拿回去！」

送急診後的任性模樣，即是頑固的證明。這樣的男人，雖然嘴巴上抱怨「不能再吃炸的了嗎？」「甜麵包只能十天吃一次嗎？」「好啦，我會多喝水。」依然一臉抱歉地答應在出院後的一個月確實遵守新規定。他已經展現出悔意，這樣就夠了吧？畢竟也不能喝可樂了。

「為什麼不把壞習慣徹底改掉！」「你已經不像以前那麼健康了！」老

婆和岳母小題大作地指責岳父反省不足。我為了自身安全，也和她們一個鼻孔出氣，但真要說起來，我還是站在岳父這邊，只不過最近已經可以毫不猶豫地昧著良心撒謊。

反省應該自動自發，不應該被別人強迫。換句話說，反省從頭到尾都屬於個人行為，別人沒有資格批評做得夠或不夠。所以，我認為岳父已達到對他而言最完美的反省。人生只有一次，只要自己能夠負起責任，適度地反省就好了。岳父從心肌梗塞逃過一劫之後，擁有了莫名的自信，而自信能夠化為豐富人生的能量。上了年紀還能獲得新的自信，是一件很棒的事，任何人都沒有潑冷水的權利。我只希望他不要再把頭埋進公園的噴水池裡，畢竟如果有人報警可就麻煩了。

我希望在六十五歲後被社會淘汰

如果可以，我並不想繳回駕照。我希望到死都巴著方向盤不放。雖然我的祈求如此強烈，這個願望卻似乎無法實現。

「我覺得人老了之後，就是不能開車。」

老婆在我身邊看著NHK的整點新聞開口說道，聲音裡帶有指責的意味。新聞正在播報高齡者駕駛小客車引發事故，而事故原因就是常見的「把剎車踩成油門」。

我回答：「是啊，讓身體不聽使喚的老年人操作一公噸的機械在路上亂跑，就像沒有柵欄的野生動物園吧？」

結果老婆說：「沒有柵欄的野生動物園不就是一般的野生動物園嗎？你真是無知到讓我吃驚。才四十五歲就這樣，真不知道老了以後該怎麼辦。」

可、可惡，主導權完全掌握在她的手上。但是，唯獨掌握方向盤的權利，我無論如何也不想放手，這個願望真的那麼糟嗎？

高齡駕駛引發的事故逐漸增加，正確來說是越來越醒目。新聞幾乎沒有一天不討論高齡駕駛的肇事問題。他們企圖將兒童因高齡駕駛肇事而喪命的悲劇，描繪成少子高齡化社會的縮影。

「老年人絕對感覺得到自己的退化吧？既然如此，為什麼還要繼續開車呢？我無法理解。」

「他們真的感覺得到嗎？我很懷疑。」

「為什麼？」

「如果感覺本身也變得遲鈍，就無法察覺自己的退化了。我最近也越來越感覺不到口渴，所以懂這種心情。」

「哎呀，你也完全是個老人了呢！」

電視節目把話題轉到高齡者繳回駕照的實際情況。螢幕播放一名老翁坐進駕駛座的身影，這名老翁住在人口逐漸流失的高齡化偏鄉，他主張「不開車根本無法生活」。節目中也介紹某個地方政府為了鼓勵回收駕照，推出計程車與公車的優惠政策。「爸爸，最好不要再開車了，很危險。」「對啊，爺爺！我不想看到爺爺變成殺人魔，也不想變成殺人魔的孫子！」老翁面對家人的心聲完全不為所動，他辯稱：「我很喜歡開車。」接著又播出一段老翁接受專家駕駛測試的影片，雖然他活力十足地說：「我開車開了六十年，離退化還早得很！我對自己的技術有信心！來吧！」最後卻留下遠低於及格線的紀錄，實在令人絕望。

每個人都有必須持有駕照的藉口，要求繳回駕照的人，與不想繳回駕照的人之間攻防，就像湯姆貓與傑利鼠永不止息的戰爭。我想多數高齡者都把駕照的意義看得比駕照本身還重，他們或許覺得繳回駕照後，人生也差不多走到終點。任何人的體力都會隨著年齡衰退，但只要坐上駕駛座，握住方向盤並踩下油門，就能去到陌生的城市，也能上山下海。剝奪這樣的權利，確實是件殘酷的事。

老婆對我說：「你老了以後也要繳回駕照喔。」我立刻附和稱是。當今潮流鼓勵大家上了年紀後就該主動繳回駕照，不再掌握方向盤，避免被說是暴走老人。如此一來，我也無法說出真心話：「我才不會繳回呢！我打算開車開一輩子。現在不是人生百歲的時代嗎？所以這不是我個人的任性，而是社會的需求。」

我昧著良心，告訴老婆：「退休那天，我會捧著同事送的花束，直接走去警察局，把駕照繳回去。這是我心目中的社會責任。」

「誰管你的社會責任啊，我完全不在乎。反正我不想變成加害人家屬。」

我從事業務工作，幾乎每天都會開車。我開車的時候很小心，二十年來的職涯雖然沒什麼值得自豪的事，但至少可以誇耀「從來沒出過車禍」，公務車毫無半道擦傷。我開車的技術不算特別好，靠的只有謹慎再謹慎。當我覺得有點想睡就立刻休息；遇到突如其來的大雷雨就馬上躲雨；如果發現改造成低底盤的車輛、黑煙多到看不清楚的車輛、車牌由四個相同數字組成的車輛、特定區域車牌的車輛等，就讓路給他們；要是有人逼車挑釁，我就在腦中想像松鼠小口小口啃著橡實的可愛模樣，放低姿態讓對方先過。二十年來，我忍人所不能忍，耐人所不可耐，在這段過於漫長的歲月中，累積了層層謹慎。但我小小的偉業到了老婆口中也成了「理所當然」。

越來越常有人對我說：「才一陣子沒見就變老了呢。」而我也驚訝於鏡子裡那個眼睛下方黑眼圈深重、法令紋深深刻入臉龐的老人，竟然就是現在的自己。從什麼時候開始，肌膚不再彈潤了呢？我開始急速老化，逐漸想不起人名。聊天時，常常腦中浮現畫面，卻怎麼也記不起名字：「就是那個誰啊，某一年的禮拜幾晚上，某一台播出的那個什麼連續劇裡，演那個什麼的演員！」滿嘴都是那個那個什麼什麼。幸好我現在還能辨識超級英雄的代表色，能夠清楚區分左右，對於交通號誌的理解沒有問題，手腳也能聽從自己的意志活動，不會對開車造成妨礙。但是大腦的判斷速度，應該已出現自己無法察覺的延遲吧？我已經一腳跨進老婆口中的老人領域，即將成為高齡者了。

我有這樣的自覺，所以探討高齡駕駛問題時，也會站在高齡者這邊。平常開車時就在心裡默念：「油門右，剎車左，猶豫的時候踩剎車。左，左，左。」最近連政治理念也越來越偏左。

我跟大家坦白，雖然我公開宣稱到了法定年齡就會自動繳回駕照，但這句話是騙人的；當我看到不願意繳回駕照的高齡者時，會批評他只顧自己，但這樣的態度其實也是裝出來的。我二十年來幾乎每天開車，從未引發事故，我相信自己是特別的男人，跟別人不一樣。這種高齡駕駛特有的思考邏輯，已經在心底萌芽：我是完美的高齡駕駛，總之如果猶豫就踩剎車。文雄，踩剎車，文雄，踩剎車……

我試著問老婆：「如果我還是想繼續開車呢？」

「沒問題的。」

「因為你相信我嗎？」

「當然不是。我不管你願不願意，都會把你的駕照丟進碎紙機，把車子拿去報廢。」

「原來如此，做到這個地步，確實就不能繼續開車了呢。」

不管我願不願意，在不久的將來，都一定會被沒收駕駛權利。雖然不知道這樣是好還是壞，但可以預見在滿六十五歲的冬天早晨，當我望向吵雜的車庫時，會發現愛車正被拖走。廚房洋溢著麵包與奶油香氣，擺在角落的垃圾桶裡，躺著被碎紙機絞碎的駕照殘骸。每天和我一起奮戰過來的戰友碎片，與粉碎的自尊就這樣重疊在一起。

溫柔謊言與蔚藍大海

父親的朋友在三年前的冬天過世。我在網路上查資料的時候，偶然發現對方三年前的訃聞。父親曾在國內大型電機製造商擔任工業設計師，而對方是父親的直屬上司，我們說不定在父親葬禮上見過面，但其實我不認識他。我在某天調查父親生前的工作時，得知這個人的存在。他是父親撰寫「價值工程」論文時的共同作者。既然都能一起寫論文了，不難想像在工作上的關係應該相當親近。

父親對戶外活動的興趣，一直讓我覺得不可思議。而且父親從事的是真正的戶外活動，不是暑假去露營烤肉那種程度的休閒娛樂。我讀國小的時候，父親辭去國內大型電機製造商的工作。對我來說，比起辭職，父親在辭職後立刻沉迷於戶外活動更讓我感到神祕。

父親一辭職，家中就堆滿戶外用品。那是一九八〇年中旬，當時日本遠比現在更有活力，每個人都相信明天會比今天更好。這些戶外用品，就是隨著這樣的氣氛來到我家。

首先，車庫突然出現一艘可以乘坐四到五人的船。木製船身塗成深綠色，長度大概和小客車差不多。我依稀記得父親帶著我和弟弟，三人一起到某條河上划著船槳。接著是單人獨木舟登場。辭去工作的父親，或許曾在某座湖中，或是某條河上使用吧？但是我卻不記得曾看過獨木舟紅橙相間的船身浮在水面上的樣子。

而後，我們家的車換了。從日產的轎跑車換成了五十鈴加長型 RV 休旅車。與轎跑車相比，RV 休旅車的車體更大，引擎聲更吵，車門位置也更高，當時還是個小不點的我，光上車就是件不容易的事，需要搭配一聲「嘿咻！」使勁爬上去。我記得暑假的時候，曾開著看似裝甲車的RV休旅車，車頂載著小船或獨木舟，行李箱裡堆著戶外用品上山下海去。那是我與父親最親近的時候。上了國中後，雖然沒有明顯的叛逆期，我依然有意無意與父親保持距離，不再有一起上山下海的機會。

那是三十五年前的往事了。雖然與父親親近的時光，在記憶裡變得越來越稀薄，但有些記憶至今依然鮮明。一九八五年，國小最後的暑假，全家坐上RV休旅車前往伊豆。我們在深夜出發，早晨抵達目的地，在車上小睡後，就帶著行李下車步行。那是八月的清晨，太陽升起後，即使還是早上，肌膚依然被曬得火辣辣。西伊豆的地形複雜，部分山勢甚至直接連接入海，山與海灣綿延而成海岸線，海灣之處形成小鎮。在抵達海岸前必須先爬一小段山路，我當時覺得很奇怪，明明是去海邊玩，卻得先爬山。翻過蟬聲唧唧的山頭，就一口氣衝下海岸。天空很藍，海水則是更深的藍。

這裡的海岸不是沙岸，到處躺著大大小小的岩石。海藻附著在岩石上，寄居蟹爬行其上。我們用腳踩著打氣筒，將橡皮艇灌滿氣，父親、弟弟和我脫到只剩海灘褲，抓著漂浮在海上的橡皮艇，母親則待在岸邊的陽傘下。我與弟弟穿上蛙鞋、戴上蛙鏡，咬著呼吸管，和父親一起游向透明的海水。透過蛙鏡往海裡環視，可以看見以我的身高踩不到地的深沉海底。水很清澈，陽光就像垂墜的窗簾般搖曳，黃色的魚聚集成群。海岸對面是狀似拱門的岩石，我拚命踢水想要穿過去。

穿過拱門後，大海變得更寬闊。父親有時會離開我們，游到靠近外海的地方，我好幾次朝著遠方的父親揮手。我心中的相機膠卷，能夠清楚播放出父親以蔚藍的大海、晴朗的藍天與純白的高積雲為背景，在海浪中若隱若現的身影，真是個溫柔的人。距離那天不到十年，原本那麼健康的父親就這樣撒手人寰，我至今依然不敢相信。那應該是我剛升高中的時候吧？不知不覺間，大體積的船從我家消失，RV休旅車也換成了日產旅行車。我家的代步車除了五十鈴服役的那五、六年之外，沒有用過日產以外的品牌。

父親最喜歡的作家是開高健，我始終相信父親是受到其釣魚散文影響，才開始對戶外活動產生興趣。想不到父親竟然是個追星族，還會模仿喜歡的作家呢，我心裡這麼想。實際上，雖然嚮往開高健也是部分因素，卻不是父親採取行動的唯一原因。

我聽母親說，父親那名三年前去世的上司，比他大了將近十歲，去世時大約是八十歲。我循著網路上查到的資訊，逐漸了解他辭職後的人生。散落在網路上的資訊都是瑣碎片段，未經系統化整理，以下是我根據這些資訊提出的解釋，不保證正確。

他辭去電機製造商的工作後，開了一家獨木舟專賣店。我搜尋店名後發現那家店是獨木舟愛好者的「聖地」，我自己似乎也和父親一起去過那家店。

我雖然能清楚記住感興趣的事情，對於沒興趣的事情卻不太關心。遺憾的是，我對獨木舟興趣缺缺。

這位上司讓興趣變成了工作，而父親毫無疑問地受到他的生活方式影響。父親會沉迷於獨木舟，也是因為他開了這家店。但我始終搞不清楚父親為什麼會在某天突然不再從事戶外活動，也不划獨木舟了。可能是因為工作變得忙碌，也可能是因為玩膩了。

雖然父親在某天突然去世，上司的人生卻依然持續。他後來收起被譽為聖地的獨木舟店，搖身一變成了音樂家，演奏班多紐手風琴。這是一種類似手風琴的風箱樂器，左右手邊伸縮風箱，邊按壓鍵盤按鈕演奏。他的人生有點特別，從工業設計師變成獨木舟店老闆，晚年又成為班多紐手風琴演奏家。父親以前也希望像這樣享受人生。

前一陣子，我和母親提到在網路上發現他們合寫的論文，她一臉開心地說：「沒錯沒錯，他們有寫過。設計部門的三位同事一起寫的。」老實說，我沒料到母親知道這篇論文的存在，我一直以為她的反應會是「原來你爸爸做過這樣的事！」母親告訴我那篇論文是由她謄寫的之後，又說「不曉得那個人現在好不好」。當時我還不知道他已經去世了。

平成尾聲，昭和時代的名演員與名人相繼過世，母親看似乎對此有點落寞，甚至還說出「只想再活十年」這種不吉利的話。就算晚年變得像喪屍一樣神智不清，我還是希望母親能夠連父親的份一起長久活下去。現在我知道父親的上司已經在三年前過世，卻沒有把這則死訊告訴母親。因為我當時無法確定自己該不該傳達他的死訊，挑起母親落寞的情緒。

任何人的逝去，都是一項難以面對的問題。如果處理不當，一切都將無法挽回。

我夢到父親與上司在一九八五年那片蔚藍的大海上划著獨木舟，夢裡沒有聲音，兩人都帶著笑容。他們的身影偶爾會消失在海浪當中，後來消失的間隔逐漸縮短，最後兩人完全失去蹤影，夢裡沒有落寞。人的逝去本是一件落寞的事，但也不完全如此。如果將落寞當成逝者的一部分，被留下來的人就有知道這份落寞的權力。夢醒之後，我決定把「不想讓母親更加落寞」的私欲放在一邊，告訴她這則死訊。

希望戴著名為不自由的面具

第5章

沒同理心又怎樣

我過著可恥的人生，經常被說「沒有同理心」。小時候，親兄弟、親戚、朋友、身邊的人都說「我們罵你是為了你好」，但這其實是表面話，他們真正的意思是指責我「不懂得體諒別人，沒救了」。

現在長大成人，基本上已經不再被指責這件事，或許單純只是因為比我年長的人越來越少。有些人蒙主恩召，有些人因為老後生活不順遂，甚至失去提供別人建議的餘裕，但最主要原因應該是我長大了。我在平凡人生中累積了和別人差不多的經驗，多虧這些經驗，讓我能夠想像「這麼說對方可能會生氣」。和小時候相比，因說話不得體而被揶揄沒同理心的頻率降低不少。但即使表面上變得社會化，我現在還是不懂如何同理別人的心情。小時候曾發誓絕對不要成為會在表面上迎合別人的那種無聊大人，但我現在就是個無聊的大人。

如果你曾被指責沒同理心，並因此而受傷、煩惱，那麼這篇文章就是寫給你看的。但如果你讀了到此為止的開場白，覺得「我才不想聽沒同理心的人講屁話！」那麼建議你現在立刻翻到下一篇文章。

當初被指責沒同理心時，雖然我一臉無所謂，但心裡其實很不高興。要等到很久以後，才發現有人提醒自己，是件值得感恩的事。長大成人後終於能夠理解，那些擔心我太過稚嫩而給予我許多建議的大人，有多麼溫柔親切。這或許就是同理心吧？這麼一來，我能有今天都得感謝他們。雖然有許多人已經去了另一個世界，我還是要藉此機會表達謝意。謝謝你們。

我在長大成人後，除非對方在工作上的人際關係可能即將發生嚴重問題，否則不曾提醒過任何人要有同理心，因為我相信這是不可能的。

幾乎已經不會有人在現實生活中指責我沒同理心了，反而開始有不知道哪來的仁兄，在社群網站上對我說：「像你這種沒同理心的傢伙給我去死。」會說這種話的人，看起來真不像是富有同理心的樣子，實在耐人尋味。被不認識的人詛咒「去死」「給我消失」「人渣」很恐怖，這個社會怎麼如此冷酷又艱難，這是安倍經濟學的錯嗎？還是令和時代的錯呢？

這些酸民的詛咒，來自世界上的某個角落。我猜可能是來自某輛停在北關東郊外停車場的中古小客車，在偏僻的荒郊野外特地上網詛咒我這位陌生的中年男子。我不禁同情起這些仁兄們憋屈的心情與黯淡的人生。我想成為一根照亮酸民的蠟燭，最好不只照亮，甚至還能直接發爐把他們燒毀。

即使在網路上被陌生人謾罵「沒同理心的傢伙給我去死！白癡！人渣！」最好也不要反駁，除非閒到發慌。不妨關掉電腦與手機電源，喝點生啤酒，或者忘掉一切吧！他們的論點明顯是錯的。沒有人能完全同理別人的心情，或者該說，無法同理也無所謂。因為就算無法同理，也能夠尊重。

他們口中的沒同理心，指的應該是無情、冷血、冷酷，既然如此，直說不就好了。

那些指責他人沒同理心的人才真正沒有同理心，才會不考慮別人的心情而說出這句話。除非擁有超能力，或者是像DaiGo[11]那樣的一流讀心師，否則不可能懂別人的心情與想法，頂多只能自以為懂，或者相信自己能懂。信仰是個人的自由，只要不影響別人，愛相信什麼都可以。但如果有人真心認為自己能看透別人的心情與想法，請務必將這個方法系統化，保證能得諾貝爾獎。

「我很有同理心」——這樣的想法太自大，甚至相當危險。我們活在世

11 編註：首位在日本媒體中介紹「讀心術」的讀心師。活躍於媒體、企業顧問、產品開發、學術等領域。

上皆有各自的盤算、各自的想法，就像基本人權一樣。憤怒、悲傷等情緒就從這些想法中產生。如果每個人心中包含了這些思考、打算與情緒，那麼世界上有多少人，就有多少種心境。

我不能忍受的是，明明坦率說出自己對某件事的看法或想法，卻被指責「不是你想的那樣！」每個人的想法當然不同，我為什麼非得因為這樣被罵不可呢？我從小感受到的不對勁，就是出自於這樣的矛盾。

小時候，曾在國語課上被老師問：「作者寫這篇文章時在想什麼？」

當時還是體罰與暴力橫行的一九八〇年代，如果我老實回答「怎麼可能知道」，老師不是把手上的粉筆丟過來，就是罰我站到下課。在法治與人權意識高漲的現代或許難以相信，但當時講求訴諸肉體痛苦以矯正行為。所以我壓抑自己真實的想法，給出保險的回答：「我認為作者在想這篇文章會有多少稿費、房租該怎麼辦等個人經濟問題，而作者被認為體弱多病，所以也可能在思考自己的健康問題。」這個回答，卻導致了在教室後方罰站到下課的悲慘後果。

其實，被問到這個問題時，該分析的不是作者心情和想法，而是老師的心情和想法。當時還是孩子的我不明白這點，實在太過單純。這場悲劇的元凶，在於老師設想的解答與我的想法及感受，差了一萬光年那麼遠，其中不存在正確或錯誤，有的只是差異。儘管如此，我至今都覺得自己才是正確的。

太多人誤以為「當個有同理心的人」指的是「理解別人抱持著什麼心情」。但理解別人的心情，意思應該是理解每個人都有各自的想法與感受。要我來說，同理心不過是種處世之道。如果想要平安度日，多數情況下只要迎合一般群眾的想法、感受來決定自身立場就好，這種方法更輕鬆也更有效率。但不管是什麼樣的人生，都一定有無論如何都無法退讓的時候。這種時候，雖然知道自己的想法、思考或感受偏離平均值，但需要考慮的只有是否該貫徹到底。

有些人會說：「沒有這種事。只要易地而處，就能理解別人在想什麼。」但這終究只是想像，不是對方真正的心情。換句話說，這只不過是「希望對方這麼想」的願望變質後的產物。我有時候會用這個壞心眼的問題反擊：「你懂隨機殺人犯、連續殺人犯或無差別殺人犯的心情嗎？」

多數人都會回答「當然不懂」吧？換句話說，那些指責他人沒同理心的人，只不過是強迫對方抱持著與自己相同的想法，或是覺得別人應該要有這樣的心情罷了。他們只是希望擁有想法相同的夥伴，而之所以聲稱不懂連續殺人犯的心情，不過是為了表達不想與這些傢伙混為一談，說不定他們其實也能同理連續無差別殺人犯呢！

如果這篇文章的讀者中，有人曾被指責沒同理心，也請不要煩惱「我是個有缺陷的人嗎？」或者覺得「我果然很奇怪」。誰也不可能真的明白別人的心情，只能透過想像，覺得自己好像懂而已。人們只是想要得到想法相同的夥伴，任何人都會對於孤獨感到不安，差別只在於程度而已，所以我不會否定尋求夥伴的行為。雖然我不懂這樣的心情也不贊成，卻能夠接受。

如果你因為不懂別人的心情而自怨自艾，希望你能夠成為一個雖然不懂，但願意包容的人。世界上有許許多多的人，每個人都有各自完全不同的思考與想法。這些想法迥異的人儘管無法互相理解，卻願意彼此包容的話，這樣的世界真的很美好。換句話說，我們不應該評斷正確或錯誤，而是應該承認彼此的差異，我認為這才是真正的同理心。

生病時才能看透人類的本質

我家老婆大人最近去拔智齒。她想必很害怕，手術前一天彷彿世界末日般歇斯底里，頻頻問我：「會有多痛？」「可以吃東西嗎？」「如果麻醉一直不退該怎麼辦？」我同時擁有拔智齒與斷過四根門牙的經驗，所以她為了減輕不安，拚命確認我手術的狀況。我當然不能見死不救，況且她還是我的家人，所以我盡可能如實描述自己的體驗：「拔智齒的時候，嘴巴裡好像道路施工一樣被鑽個不停，非常不舒服。而且我的麻醉遲遲不退，漱口的時候，嘴巴裡的水像魚尾獅一樣流下來，惹得口腔衛生師大姐狂笑，真是太丟臉了。」結果老婆大喊：「給我閉嘴！」我聽從她的要求提供經驗，結果還被罵，真委屈。不過是拔個智齒而已，有那麼嚴重嗎？

老婆是個健康狂熱者。她從事營養管理師的職業，平常就會搜尋美味又有益健康的食物，如果電視的健康節目介紹到她感興趣的主題，就一定會收看。她除了朝日電視台的刑警劇之外，會特地錄下來的大概就只有《NHK人體特輯》及《名偵探柯南》。

「你明明還這麼年輕，為什麼要那麼注意健康呢？」

「因為我希望『跳倒』啊。」

跳倒？這是什麼？不是跳島旅行的跳島，也不是倒在路上的路倒，而是跳倒。我問老婆這兩個字是什麼意思，她緩緩開口：

「就是一直都活蹦亂跳，某天突然沒有痛苦地倒下死掉。」

換句話說，就是為了能夠瞬間倒地死亡，必須活得健健康康。其實如果身體健康，猝死風險就會降低，也就不會突然死掉——雖然我抱有如此疑慮，但我沒有告訴她。我想要尊重她這份希望以「跳倒」方式離開人世的單純心情。

既然如此，她對拔智齒的誇張反應就說得通了。如果因為拔智齒而導致進食不便，就無法維持健康，使得「跳倒」變得困難。為了「跳倒」，連牙齒的健康都必須比別人加倍留意。

除了拔智齒之外，每逢初春時節，老婆也會對花粉症引發的流鼻水大驚小怪。更久之前，則是對咳嗽變異型氣喘造成的久咳不止反應過度。最近她因為身體不適而過度擔憂的情況頻頻發生。

「好不舒服，好難過。為什麼，為什麼是我？為什麼我這麼慘？」

她討拍的時候，還會遷怒職場上討厭的同事：「都是那個女人不好，全部都是那個女人的錯。」甚至罵出那個不能背下來的F開頭英文單字，甚至還挖苦我：「反正你不懂我的難受啦。」我沒有花粉症，當然不可能理解花粉症的痛苦。

不過我們也是半斤八兩。每次當我感冒，正在後悔當初沒能搶先壓制初期症狀時，她總會在旁滔滔不絕地說風涼話：「你那時候早就就該注意了。」「我就不會落到這種地步。」我知道啦！頭痛得要命，可以閉嘴嗎？老婆和我一樣無法理解別人的痛苦。為什麼人類會是這麼自我中心又任性的生物呢？難道是我家比較特殊嗎？

再怎麼發揮想像力，都無法理解他人的苦痛。我們也經常因為想像與現實的落差而苦惱，這點真的很難受。

我們不懂別人的痛。譬如旁人雖然能夠想像老婆拔智齒的痛苦，卻誰也無法真正體會；她也無法理解我的下體遭到強烈撞擊時的那種痛。話說回來，聽說女性為了忍耐生產時的疼痛，發展出更能忍痛的生理結構，這個說法不知真假。不過，我覺得痛苦、難受的事情，常常對老婆而言都算不上痛苦，讓我領悟到女性的堅強。

而我的痛苦，有時候也是她的快樂，譬如扣我零用錢。嚴格來說，我家並不是採取零用錢制，而是每月上繳固定生活費的現代制度。但換個角度看，上繳的生活費變多，就相當於我的零用錢變少。

如果零用錢變得比現在更少，我連午餐時吃便利商店炸雞的微小快樂都將失去，也買不起礦泉水，只能帶著空寶特瓶去公園裝水，勉強感受南阿爾卑斯山的山泉水氛圍，真是太難受了。這對我而言是痛苦與煩惱，對老婆而言卻是生活費提高的喜悅。

水電費上漲是生活費提高的依據，關於這點我可以接受，畢竟無可奈何。我無法接受的是，老婆企圖根據消費稅即將提高的假設扣我零用錢。我現在就已經為了在發薪日前擠出酒錢，靠紅豆麵包打發午餐，喝氣泡水撐飽肚子，這樣還想扣我零用錢，稱得上是人嗎？真想質問她：「你的血到底是什麼顏色？」

不過，與其流淚緬懷失去的零用，不如思考該怎麼讓零用錢短少的未來更精彩，這才是活在令和時代的男人。既然收入來源緊縮，那就在減少支出的同時尋找其他收入來源吧！關於副業，我家老婆倒是很寬容。她甚至會在放假時，看著報紙夾頁的徵才廣告對我說：「你可以在星期六早上做點副業啊，清潔公司一直都在徵人喔。」

平常工作就已經累趴了，如果還得從事壓榨身心的掃除工作，才真的會「跳倒」，難道這就是老婆的期望嗎？老實說，只要有錢讓我買炸雞就好，真希望可以不必勉強操勞衰老身軀，也能賺到錢。彩券啊，拜託中獎吧！

人類很堅強，即使身處在艱困的狀況，也能想辦法活下去。就常理來看，零用錢減少，消費稅提高，就得從菸酒、遊戲、上酒店或迪士尼樂園等奢侈品或娛樂開始刪減。但我無論如何都離不開酒與遊戲。我無法想像少了超級爽口朝日啤酒與超級瑪利歐的人生。

我對酒與遊戲的需求，有客觀且正當的理由。

有些人如果不上酒店，人生就會變得空虛。發薪日晚上，男人不可能就此甘願回到無人迎接的四十年老公寓。

「今晚我才是老闆！」男人這麼告訴自己，緊握著剛從ＡＴＭ領出的一萬紙鈔，往酒店街走去，大量噴灑的古龍水與黑暗融為一體，他的身影消失在霓虹燈妝點的變態酒店當中。誰能夠否定這個男人的人生呢？

如果家裡手頭緊，第一個應該刪減的是迪士尼樂園。

「我們不能再去迪士尼了。只要刪掉一天的米奇，就能吃一百天的炸雞。」

我毫不掩飾地告知老婆自己的正確理論，結果她露出嫌惡的表情，說了一聲：「喔？」

她的態度透露出強烈的意志，代表沒有商量的餘地。我確定自己輸了。

「剛剛當然是在開玩笑啦！腦袋有洞才會想要刪掉迪士尼樂園。刪減娛樂是日本人的劣根性，畢竟《幻想曲》《木偶奇遇記》等迪士尼經典作品，都是在過去世界大戰的時代誕生出來的。在痛苦嚴峻的時代，更應該把錢花在娛樂上。這麼一說，我想起國小校長曾經說過，痛苦時才更要露出笑容。」

她完全沒在聽我的藉口。

即使消費稅提高，也只能這樣活下去。忍人所不能忍，耐人所不可耐。事在人為。不久之後的我，還是得靠著少得可憐的零用錢生存，想辦法馬馬虎虎過活。

到時候將會發生什麼事呢？馬馬虎虎過活將成為未來的標準。家裡的老婆也好，公司的老闆也罷，掌權者總是把事情想得太簡單，覺得有心就能做到。譬如在工作上設下嚴峻的業績目標，或是削減人力預算。

老實認真的我們，即使抱怨「爛透了，怎麼可能辦到！魔鬼！完全不講道理！」也只能乖乖照做。結果公司發現「這不是做到了嗎？那麼應該可以做得更多吧？」於是在隔年度開出更嚴格的條件。認真的我們，想必同樣能夠克服消費稅提高的苦難，但等著我們的將是更嚴峻的未來。如果不邊打遊戲邊大口灌酒，根本不可能活下去，這就是我離不開酒與遊戲的理由。如果能夠邊喝酒邊打遊戲直到「跳倒」，那就是夢寐以求的人生了！

你沒有錯喔

「我可以找你商量私人的煩惱嗎？」「請你坦白給我意見。」聽到這些話，雖然多少覺得有些麻煩，但應該很少人會不開心吧？「原來我這麼可靠啊！」這種被當成前輩景仰的心情，讓人雖然在嘴巴上說著「我的意見不保證有用喔」，也掩飾不了沾沾自喜的感覺。我以前也是如此。

其實，「私人的煩惱」這幾個字聽起來就很不合理。為什麼要對無關的人提及私密煩惱呢？無法理解。然而社會上卻把「商量私人的煩惱」視為人際關係良好的象徵，實在令人驚訝。大家為什麼都沒發現，對方其實站在「我對你付出足以商量私人煩惱的信賴，你得認真提供建議」的制高點，把人壓著打呢？對方那時的笑容，明明就與在綜合格鬥時擊倒對手的笑容十分相似。

我不想被壓著打，所以決定毫不掩飾地表現出不耐。即使別人請求給予意見，我也拚了命抗拒：「不要吧！非得給你意見不可嗎？你不能去找別人嗎？」但可悲的是，我就連抗拒都被當成是沾沾自喜，總是被對方用「非你不可！」駁回。

為什麼麻煩呢？因為即使給出坦白直率的意見，也通常得不到好的反應。我承認自己是個講話難聽的白目，但有些人明明徵求對方意見，卻又在意見不如己意時露出「這個人怎麼這樣……」的表情，這種人的腦袋到底有什麼問題啊？

徵求意見等同於尋求自己缺乏的事物，換言之是一種截長補短的行為。所以當對方提出不同於自己想法的意見時，應該高興才對；如果意見略為嚴厲，代表他認真思考這道問題，應該感謝才對。但實際上，如果對方的回答不如己意，徵求意見的人就會雙眼圓睜，看似受到打擊。這是在耍人嗎？

前幾天有人來找我商量一個極為私人且無關緊要的煩惱。他說：「我想和女友結婚，但因為沒錢所以無法下定決心。女友打算藉結婚的機會辭去工作，我明明已經跟她說自己沒錢了，但她似乎不懂我的辛苦。」老實說，他只有「不結婚」這個選擇。但我可以清楚預見如果說出真心話，對方將會瞪大雙眼，露出錯愕的表情。我應該拒絕他的，但還是接受他的傾訴。對於前來商量煩惱的弱者見死不救，多半是危險分子——這個無可救藥的刻板印象束縛了我。

於是我回答：「你就放棄結婚吧！如果單身的話，沒錢也能過得下去，女友也不會辭職。而且你們不用一起生活，即使不懂對方的心情也不會造成困擾。」真是個完美的回答，沒有其他方法能像這樣徹底解決問題。他卻不太買單：「我想聽的不是這個，你要考慮我的心情啊！」我什麼時候成了心理諮商師了？太蠢了吧！我打從心底認為，如果不想聽不合己意的意見，在家裡跟布偶說話就好了，不然也可以上山對著懸崖大喊，聆聽反彈的回聲。徵求意見時，因為對方的意見不同而不愉快還能理解，但如果要求對方理解自己的心情，對方也只能搖搖頭，舉起雙手投降。

針對私人問題尋求意見的人，不是真的想聽其他意見，只是想要有人支持自己而已。就像政治家在選舉期間站在排放二氧化碳的宣傳車上，對眾人呼籲：「各位思考過環境問題嗎？」這也並非有意解決問題，只是想要攏絡支持者而已。

真正需要商量的人不會說：「請聽聽我的心情。」因為他們想要的不是從感性層面獲得支持，而是希望從理性層面得到建議。那句經典的「請你坦白說說自己的意見與想法」就是最佳證據。他終究只是想安慰自己：「對方從眾多觀點中提煉而出的坦率意見，竟然符合自己的想法！」藉此證明自身正確性罷了，這樣的愚蠢與膚淺真令人感動。

期待自己什麼都不說就能被理解，這樣的心態說好聽點是幻想，說難聽點就是懶惰。抱持這種幻想的人，多半懶得與別人溝通自己的心情與想法，而且為數不少。

我試著思考，該怎麼回答剛才那位煩惱著該不該結婚的人，才能符合他的心意。問題的主因是錢，因為沒錢，所以無法結婚；明明沒錢，女友卻要辭去工作；女友不懂自己為錢所困的心情，所以對女友不滿——錢、錢、錢。說得直接一點，有錢就能解決問題，更極端地說，只要戴上頭套，闖進信用金庫就好了。但就算說出這樣的意見，如果對方回一句：「如果我有錢就不會這麼辛苦了。」那我也束手無策。即使像這樣設身處地著想，只要不符合對方的心意，依然無法皆大歡喜。

私人問題終究屬於自己，只能自己思考、解決，是場孤獨的戰役。然而人類是脆弱的，雖然覺得自己正確，卻依然對正確解答不抱信心。要是有人對自己說「你沒有錯喔」，就能消除不安，所以人們會尋求與自己類似的想法，如果這份認同來自於人生前輩的坦白意見，更是求之不得。然而，只聽自己想聽的話，等同於輕視他人的存在，因為這只是寄望自己的想法能透過別人的嘴巴說出來。不如己意的話語，誰也不想聽。

我不會幻想別人理解自己的心情。讀到這句話，你或許會認為：「原來如此，作者是個討厭人類的可憐人，想必心靈已經像老舊自行車的剎車一樣飽受磨損，才會像猴子那樣吱吱叫個不停。」我的人生才沒有那麼悲慘，只不過在需要與許多人會面的業務工作中，那份渴望被理解的幻想逐漸消失殆盡罷了。業務是一種透過對話找出客戶需求的工作，必須與互不理解的人維繫關係。正因為我的工作是促進雙方理解，所以謹記任何人最初都處於互不理解的狀態，這樣的心態更是重要。

「對方了解自己，會提供自己期待的事物。」這只是個懶惰的想法。我從事業務工作的這二十年來閱人無數。二十年×三百六十五天，每天都會見到許多人，至今已經見過數萬人。除了極少數的例外，沒有人在初次見面時就能互相理解。與不認識、不了解的人開會，也經常會帶來壓力。那麼，我為什麼還繼續從事業務的工作呢？因為與人見面很有趣。當然不是全部都有趣，有無聊的時候，也有不甘心的時候。曾有資深經營者毫不掩飾地對我採取高姿態：「嗯？你還沒說完嗎？」也曾有創業的學生用和朋友聊天的態度對我說話：「你說的聽起來超酷！我覺得很讚！」我也經常暗自不爽：「這些人跟我非親非故，講話怎麼這麼失禮。他們要是覺得沒禮貌就能嚇唬我，或是試圖靠裝熟讓談判朝著對自己有利的方向進行，還真是太天真了。」另一方面卻在嘴巴上說：「總之先聽聽看我的說法好嗎？」忍耐胃部的翻攪，讓談判進行下去。

即便如此，還是很有趣。與摸不清底細的人對話，就像玩一場不知道結局的角色扮演遊戲，正因為不知道會發生什麼事情所以才好玩。如果有人問我：「《勇者鬥惡龍》[12]的最高傑作是哪一代？」我會回答：「還沒玩過的那一代。」因為不管舊的作品再怎麼好玩，都已經知道會發生哪些事，不知將有什麼等著我的新作品，更能讓我樂在其中。換句話說，未知就是樂趣。

總而言之，全力攻擊，生存為上！[13]

12 編註：電子角色扮演遊戲，由玩家扮演勇者，展開從強敵手中拯救世界的冒險。至二〇二一年為止，除了十一部本傳作品外，更有諸多衍生遊戲。

13 編註：此為《勇者鬥惡龍》的兩個招式名稱，日文原文為「ガンガンいこうぜ」「いのちだいじに」。

乾擦擦，濕擦擦，偶爾玩玩《純愛手札》

我家老婆是公認的打掃愛好者，把打掃視為人生大事。每逢假日，她從一大早就會散發非同小可的氣勢：「好！開始打掃吧！」秉持這種氣魄，說不定用吸塵器就能擊落B－29轟炸機，她真是生錯時代了。只不過，當她表示「如果不打掃就會因為心情煩躁而生病」時，我不禁擔心，與其說她喜歡打掃，或許更像是依賴打掃。

我不喜歡打掃，說得更明確一點是討厭打掃。雖然有極少數人聽到我這麼說，會直接滑坡到把我貼上「不愛乾淨的邋遢中年男子」「垃圾屋製造者」標籤，但並不是這樣的。我不想住在垃圾屋裡，被發霉的空便當盒淹沒。如果上司命令我去垃圾屋住三天兩夜，我會立刻提出辭呈。我喜歡乾淨、整齊的房間，也喜歡維持這樣的狀態。

只不過，我對整潔環境的微薄愛意，抵不過掃除和整理的麻煩。清掃結束的那一瞬間，牆壁就開始附著髒汙，地板也開始堆積薄薄的灰塵，簡直就像永不止息的戰爭。我是和平主義者，對戰爭沒轍。如果把「乾淨」與「怕麻煩」放在心中天秤的兩端，天秤立刻就會往「怕麻煩」那邊倒去。

老婆主張「打掃不只能讓房間變得乾淨，也能淨化心靈，得到平靜」。我明白這種心情，我也透過電視遊樂器淨化心靈，獲得一顆平靜的心。無論生病或健康，都要與電玩相伴。《純愛手札》[14]與射擊遊戲能夠淨化我的心靈，讓我得到如寬廣河流般平穩的心情。

14　編註：戀愛養成遊戲，由玩家扮演高中生，在畢業前與諸位同學之一交往。

每個人獲得平靜的方式都不一樣。我認識的人當中，有人靠著捏破泡泡紙冷靜下來；也有人在起床後，會立刻根據喜歡上的順序誦念自己至今為止喜歡過的女生姓名，藉此得到寧靜。在沒有冷氣的二坪小套房裡，用指尖捏破一顆顆小小的泡泡，難道不會想要尖叫嗎？如果想不起來小時候喜歡過的異性名字，難道不會焦慮嗎？這些方式對我來說，都只是放大壓力的毒藥。

若能成功淨化心靈，保持平靜的心情，就再也不會因為小事而焦慮了。傍晚淹沒車站商圈的成群烏鴉惡魔般的叫聲，聽起來也會變成婉轉的鳥鳴。世界綻放出光芒，掩蓋了路上往來的高齡世代的法令紋。

我很懷疑，聲稱「以打掃淨化心靈，獲得平靜」的老婆真能透過打掃穩定心情。只要一不注意，她就開始打掃。如果她的理論為真，那麼幾乎每天都在打掃的她，應該一天二十四小時都心平氣和，但狀況卻不是這樣。她的內心照理說應該每天風平浪靜，實際上卻颳著狂風暴雨。當職場上發生了不愉快的事，具體來說是討厭的同事做出讓她不爽的事情後，暴風雨就會立刻吹垮內心的堤防，展現在言行舉止上。她會用激動的語氣，向我控訴同事是個多爛的人，根本是破壞社會和諧的潛在恐怖分子云云。

明明應該隨時處於平靜的狀態，為什麼會憤怒失控呢？我依照慣例地敷衍回應，使她內心的暴風雨變成超大型颱風。

「妳說的沒錯。」

「我也是這麼想。」

我對她職場上的狀況幾乎不知情，所以回應時自然而然會變得敷衍，這也是沒辦法的事。但老婆卻對我的反應不滿意，尖聲叫道：「不跟你說了！」接著丟下一句完全不顧我心情的「你根本不懂我！」發出乒乒乓乓的誇張噪音跑進浴室洗澡。

當我看到別人大聲咆哮、對物品出氣時，反而會冷靜下來，心想：「既然已經是個累積了不少人生經驗的大人，應該可以從這些經驗中明白暴力無法解決問題，為什麼還要重蹈覆轍呢？要是因此而血壓升高導致腦溢血，那就太麻煩了。」我的冷靜往往火上加油，導致她的怒火燒得更旺。雖然我從來沒有見過她的同事，但今後為了避免遭鄰居報警，我打算一一附和這些人的罪狀。

太痛苦了。為什麼想要獲得平靜，非得先刻意經歷痛苦不可呢？我已經搞不清楚是打掃優先，還是平靜優先了。

學生時代，應該是到高中為止，學校都有負責打掃的值日生。當時，值日生必須跪著拿抹布擦拭走廊地板。先乾擦，後濕擦，有時還要打個蠟。或許這是敝校獨特的規定，而我雖然還是個孩子，卻常常狐疑這個方法怎麼這麼沒效率。我在八〇年代初，就已經是個懂得說NO的日本人了，所以我問老師：「為什麼要用這種方法？拿拖把拖地不是比較輕鬆嗎？」老師們卻用「拿抹布擦地板能夠淨化心靈」這種靈性回答打發我。打掃能讓房間與地板變乾淨，但值得賠上跪地擦拭的勞力和腫脹的雙腳嗎？不值得。老師就是因為知道這點，才會賦予這樣的行為「淨化心靈」「獲得平靜」的附加價值。換句話說，打掃就是如此辛苦又得不到回報的行為。

但打掃剛結束時，老婆如鑽石般閃耀的表情，以及彷彿將職場上潛在恐怖分子拋到九霄雲外般的平穩心情，卻是不爭的事實。她在那個時候，靠著打掃獲得了平靜。遺憾的是，雖然她愛打掃，但打掃卻不愛她，透過打掃得到的平靜持續不了多久。她曾說「如果不打掃就會因為心煩意亂而生病」，但從打掃中得到的平靜也很快就消失，所以不得不繼續打掃，否則就會失去平靜，身心逐漸失調。老婆大人就置身於打掃的惡性循環當中。

我不會主動打掃，這都是為了不打掃就活不下去的老婆。為了讓不被打掃喜愛的她繼續打掃，我必須徹底扮演骯髒鬼的角色。換句話說，我是個天使，牽起她與打掃的緣分；我弄髒房間，在走廊留下灰塵，讓她可以一次掃個夠；我希望她能夠與打掃相親相愛，找回平靜的心靈，這是我的祈求。打掃技術拙劣的我，只能跟在拿著吸塵器的老婆後面，以道士的姿態高舉雞毛撢子，獻上我的祈禱：「打掃之神啊，請祢讓這個人安息吧！心中的暴風雨啊，請平靜下來吧！」同時聽從老婆的指示，擦拭流理台與通風扇。

人類生而美麗……吧？

前一陣子市議員選舉時，可以從候選人掃街的宣傳車上聽到「請各位把乾淨的一票投給我」等真情吶喊，讓我不禁熱淚盈眶。當我向繞過站前圓環的宣傳車揮手時，助選員也揮手回應。他們戴著白手套的雙手在空中揮舞，宛如振翅飛翔的白鴿。另一天早上，候選人站在車站前與通勤族打招呼，不斷重複「每天上班辛苦了」，這句話讓我心中枯萎的花朵彷彿起死回生。經過他的面前時，他向我輕輕點頭，接著在我身後說「祝你工作順利」，我心中的花朵也為之搖曳。這種撼動靈魂的瞬間，一年比一年少，因此相當新鮮。他彷彿是在對我說：「你是美好的。」

年輕時，我經常讀著「上班族川柳」[15]捧腹大笑，從來沒有想過自己有一天也會變成川柳中那些遭受可悲對待的人物。曾逗我大笑的上班族川柳，多半以詼諧手法描寫退休後一直待在家裡、天天都是星期天的老公，被老婆嫌棄「整天只知道睡覺，連家事也不做」「上班的時候比現在好多了」的悲哀模樣。當然，也有作品描寫公司組織常見的義憤不公，還有一些作品用搞笑手法描寫老年退化。但最讓我印象深刻的，依然是過去為公司賣命的「企業戰士」在經濟泡沫化後失去戰場、走投無路的情景。我之所以笑得出來，是因為我有不知哪來的自信，覺得自己不可能淪落至此。

但是，如今老婆對我的敷衍態度，簡直和以前曾讓我大爆笑的川柳作品如出一轍，而且我才四十多歲而已，真是太痛苦了。此外，公開自己的慘事後，竟然還被讀者抱怨：「可以不要曬恩愛嗎？」如果我真要曬恩愛，會曬得更有技巧。要是覺得「我在家裡遭到老婆敷衍對待，就像被當成廚餘」聽起來像在曬恩愛，建議找個可靠的醫療機構檢查一下。

把老婆對我的敷衍態度寫成文章公諸於世，這讓我非常痛苦。我不覺得把自己可恥的部分攤到陽光下能夠淡化悲傷，而且如果被老婆發現我的告白，說不定會提高遭受更嚴厲對待的風險。

即使如此，我還是願意坦白，因為我沒有自信斷定自己是正確的。我希望能夠透過自白，得到他人的認同，就像選舉宣傳車對我說「你是美好的」一樣。雖然我平常一臉自信滿滿，但我其實是個沒自信的人。之所以靠著滿口大道理把自己武裝起來，是因為我總是擔心自己犯了錯。因此每當部下對我說「這項企畫絕對沒問題」時，我總會感到不可思議，不知道他是怎麼活過來才能獲得果斷說出「絕對沒問題」的自信，所以我會忍不住壞心眼地質問：「這樣啊，你這個絕對沒問題的自信，憑的是什麼樣的根據呢？」

15 編註：川柳是日本傳統的詼諧諷刺短詩，由十七字構成。日本第一生命保險公司從一九八七年開始舉行「上班族川柳大賽」，從日本全國募集作品，讓上班族抒發對職場現況的感想。

老婆對待我的方式，簡單來說就是當成髒東西。即使我對她抗議：「不要把我當成髒東西對待！我是人類！」現階段也看不見改善的徵兆。所謂的當成髒東西，指的是如果我碰了老婆愛用的靠墊、晾在房間裡的衣服、小熊布偶等，她就會露出抽筋般的嫌惡表情，把這些東西從我手上扯開，用乾淨的布擦拭，再噴上除菌噴霧消毒。

如果我的身體乾淨清潔，這些待遇就攸關人權問題。但就像我剛才說的，我沒有足夠的自信判斷自己究竟是乾淨或骯髒。以體味為例，我是業務員，理應比一般人加倍留意身上的異味。為了避免受限於傳統方式，只要市面上推出新的體味抑制商品，就一定會研究看看，也會不斷嘗試新方法，因此我的體味通常應該都能控制住。

但是，如果前一天晚上喝酒吃肉，我對於隔天的味道就沒自信了。睡衣、枕頭都散發出臭水溝般令人作嘔的氣味，那是在灌了一堆酒後，鑽進棉被裡瞬間昏睡，隔天早上翻身的那一刻，枕頭散發出的猛烈臭味。雖然以臭水溝形容，對於全國各地每天為了居民努力疏通汙水的臭水溝非常失禮，但那卻是生理上無法接受的味道。出於這樣的事實，即使被老婆當成髒東西對待，也只能默默接受。我已經看開了，四十五歲的人生如同斜陽。

沒錯，我有時候就是很臭，被當成髒東西也只要笑笑就好，我自己也把這件事情當成笑話。就在我達到這樣的達觀境界，低頭走在路上時，聽到這句「乾淨的一票」。這個聲音告訴我，即使被貶低成髒東西，也依然保有一片淨土——「請各位把乾淨的一票投給我」，沒錯，那就是選舉權。無論宿醉的我有多臭，手上的一票依然乾淨。但缺乏自信的我，依然忍不住悲觀質疑：身為成年人，自然都擁有選舉權，但為什麼能無條件斷言每一票都是乾淨的呢？我必須成為乾淨的男人，才值得乾淨的一票。

雖然我基本上是個髒東西，但有時也會成為乾淨的男人。只要變乾淨，老婆就會很溫柔。我家晚餐習慣吃納豆，通常是在超市打折時購買的特價商品。老婆準備好晚餐後會問我「要吃納豆嗎？」但就在我正準備回答「當然要吃！」時，老婆就會打斷幾乎才剛把「當然」說出口的我，說道：「你不吃吧？」不打算把納豆分給我。奇怪，我沒有吃納豆的權利嗎？「當然要吃！」我把話說完，她才語帶不滿地說：「原來你要吃。」心不甘情不願地分給我特價的納豆。

這就是我的日常。但她有時候也會主動拿納豆給我，我猜那應該就是我最乾淨的時候。只有那時候，老婆才不會把我當成髒東西，對我特別溫柔。最近一次這麼溫柔是什麼時候呢？我回想了一下，或許是在前往那座以老鼠為主角、位於千葉卻拿東京取名的主題樂園之前，或是在半年一度領到高額獎金的前一晚，她都笑著奉上納豆，而且說不定不是特價品，而是顆粒較大的高級納豆。難得品嘗納豆的喜悅讓我疏於確認標籤，所以無法確切斷定。

這不是因為她的精神狀態不穩定，而是我的體味不穩定。根據我的分析，發薪日後因為有定期收入進來，錢包塞得鼓鼓，所以能去理髮店剪頭髮，本來用量吝嗇的古龍水也能豪邁噴灑。囊中變得寬裕，別人的壞話也從聊天中消失，外表與言行都清潔乾淨。這正是「美好」的狀態，老婆也變得溫柔。問題在於這樣的狀態無法長久持續，隨著發薪日過去，手頭越來越緊，頭髮逐漸毛躁，耳毛叢生，古龍水用量又開始小氣巴拉，一開口就是抱怨社會、批評他人。這樣的我被當成髒東西，也是情有可原。

我想變乾淨，想要隨時保持清潔，想成為能夠無條件吃納豆的男人，為此需要精神上的餘裕。我捉襟見肘地生活在日本那炎熱又點著蚊香的夏天，這份緊張感讓我瘋狂爆汗，身體散發出臭味。該怎麼做才能獲得精神上的餘裕呢？宗教、冥想、肌力訓練、樂器演奏、暴飲暴食……每個人放鬆精神的方法都不一樣。就我的狀況而言，精神上的餘裕就等於經濟上的餘裕，這句話雖然讓人不太舒服，但我相信這是多數人的意見。換句話說，只要有錢，就有自信常保清潔。目前我只能在每月一次的發薪日後獲得精神上的餘裕，但如果直接找公司談判，把月薪改成日薪，或許就能因為每天都有薪水進帳而維持乾淨。還是說，如果每天只能領到一部分的少許薪水，反而更加捉襟見肘呢？

維持乾淨需要花錢。我終於理解砸錢買化妝品的女性心態了。老婆在選購特價納豆時總是苦苦思索，但買價格是納豆好幾十倍的化妝品卻毫不手軟，原來就是這個原因。如果整天計較錢的事情，不只外表，就連心靈也會變得汙濁。做這件事情會花多少錢；不做那件事情會損失多少錢；即使與那個人見面，也不會拿到錢……如果像這樣看待日常，人也會變得骯髒。

乾淨需要花錢，但對錢過於執著卻會汙染心靈。神啊！我到底該怎麼做才好呢？立志成為真正擁有「乾淨一票」的男人，這條路上充滿考驗，太過險峻。所以我最近已經看開了。「算了啦，被當成髒東西也無所謂，奢望保持乾淨實在太愚蠢。」我在心裡默念「Let it go……Let it go……」試圖正當化自己的想法。老婆依然心不甘情不願地把納豆擺上桌，這種平凡無奇的日常生活最美好了……

才怪！

不起眼的橫田，教會我的重要事情

與橫田的重逢，並沒有「真是奇蹟！」「像電影一樣！」的耀眼光彩，就只是平凡偶遇。所以即使是久違重逢，也沒什麼特別深刻的感慨，我們彷彿昨天傍晚才像平常一樣見面似的，說聲「嗨！」就聊了起來。我們在對話中填補了這幾年的空白，毫無回憶當年的懷舊話題。然而，與橫田的平凡重逢，卻成為我的心靈支柱，只不過當時並未發現。或許真正的奇蹟或電影般場景，即使置身於當下那個時空也不會察覺，要等到日後回想才會驚覺「那該不會就是奇蹟吧？」

一九九四年暑假，當時還是大學生的我，在一家港務公司打工。之所以選擇這份工作，只是因為時薪還不錯。當時覺得只要能在大學畢業前做個還可以的兼差，賺點錢就夠了。公司的業務內容是在橫濱港的本牧碼頭與大黑碼頭為受託貨物辦理通關手續，並在指定地點交給客戶。我負責的工作是準備資料與文件，幫助貨物通過各種檢查。

我在剛開始打工時陷入了苦戰，工讀生常有的擺爛心態就是苦戰原因。某天，我因為文件不齊，遭到強硬的主管喋喋不休指責：「你覺得無所謂嗎？如果不趕快把文件補齊，就沒辦法在今天完成檢查喔！」橫田就在這個時候及時伸出援手。這是我們自國中畢業以來睽違六年的重逢。橫田的白襯衫上套著有點髒的卡其色工作服，當時他已經進入運輸公司，以正式員工身分從事港務工作。

我和橫田不太熟，兩人甚至沒有同班過。只不過因為彼此住家鄰近，上下課途中經常有機會碰面。我們沒有共通話題，自然沒能留下印象深刻的對話。

「嗨，考得如何啊？」

「應該還可以吧！」

「真不想參加馬拉松大賽。」

「如果因為下雨停辦就好了。」

我們的對話，僅是將不求回答的寒暄再稍微延伸。即使如此，只要碰面就還是會問對方「最近如何？」我當時無法從這段平淡關係中找出特別的事物，直到出社會後，才察覺那個時空的價值。

我們彼此都需要這種平淡的關係，並且對於這樣的平淡感到舒服。即使如此，我們偶爾還是會將煩惱與脆弱寫在臉上。橫田有時會說出一些灰暗的話：「這次考試搞砸了。」「我勉強逃過課後輔導。」「可能考不上理想學校。」因此我對他的印象就是「雖然人很好，但在班上應該是個普通又不起眼的邊緣人」。升上不同高中後，我與橫田見面的機會急遽減少，但只要見到面，就還是會從「最近如何？」展開那段比寒暄還稍微長一點的淡薄對話。

我因為擺爛工讀生特有的不負責任態度，以及知識與經驗的不足，經常在職場受挫，有時更因此導致出貨延遲，被同事挖苦：「你是跑去睡午覺了嗎？」「工讀生還真輕鬆啊。」每當我在工作上束手無策時，橫田就會現身幫忙。他會建議我：「這樣做就好了。」「你跟那位負責人那樣說比較容易過關。」有時候甚至先把自己的工作擺在一邊，幫我處理問題。原本不起眼的橫田變得非常可靠，明明年齡相同，卻已經遠遠把我拋在後面，讓我訝異不已。我對於看不起他的自己感到羞愧，覺得自己輸了，但是當時的我太過孩子氣，不僅沒有道謝，甚至還出言諷刺：「這些事情工讀生也能做。」「真不愧是長年來只做這些事，還真熟練啊！」我滿腦子都是不服輸。但是橫田卻笑著回答：「是啊，只要掌握絕竅，也沒什麼大不了的。畢竟這也是一種學習。」如果我與橫田的立場對調，有辦法像他一樣微笑回應嗎？

直到今天，我回想起當時的事情都還是很痛苦。我怎麼會這麼蠢。人生最痛苦的一點，或許就是偶爾會遭遇無法重來的失敗。

結果我過了兩年左右就辭掉那份打工了。辭職前曾問橫田：「接下來有什麼打算呢？」橫田對我說：「反正現在的我也沒有其他能做的事，就徹底鑽研這份工作吧！」他甚至還告訴我，將來的目標是考上通關士[16]。

那時，我才發現自己一直誤解了橫田。原本以為他之所以能將我遠遠拋在後頭，一定是因為比我早出社會，累積更多的經驗，所以只要我也出社會、累積經驗，自然就能輕易填補與他的差距，甚至超越他。但是我們的差距不在於經驗，而在於覺悟。鑽研這份工作、靠這份工作過活、在這份工作中看見夢想——橫田抱持著這樣的覺悟面對工作。這份覺悟的差距，我即使花幾十年也趕不上。這就是不起眼的橫田教會我的事。

現在距離碼頭打工的日子已經過了二十年以上，我成為業務部門的負責人，經常對和當時的我們年齡相仿的年輕人說教：「交辦的工作就給我好好做！業務就該從客戶的角度，絞盡腦汁思考該如何幫助客戶。」而我在說教後，一定會自以為了不起地補上一句：「給我抱著覺悟工作！」彷彿給過去的自己蓋了一記火鍋。如果他們問我：「覺悟是什麼意思？」我就會用「自己好好想一想」糊弄過去。

覺悟是一種態度，指的是對一件事情投注多少心力。累積經驗，就能掌握一定程度的訣竅，培養一定程度的技術，也就足夠讓自己馬馬虎虎過日子，但是最多也就這樣。如果想要更上一層樓，憑的是能夠投注多少心力，是否做出覺悟。只要有所覺悟，日後再培養技術也都還來得及。事實上，那個不起眼的橫田書讀得不好，腦袋也算不上靈光，僅憑著認真面對工作的決

---

16 編註：日本財務省轄下的國家資格，工作內容主要為處理進出口貨物的通過手續。

心，成為職場上的強大戰力。

我現在也試圖仔細面對每一件工作，但那些慣性、過度樂觀、與生俱來的懶惰癖有時依然會出現，讓我察覺自己並沒有認真面對。就現實而言，認真面對所有工作並不容易，所以我會根據重要性與獲利性決定優先順序。雖然很困難，但那份認真面對所有工作的意志，我絕對不想忘記。當時的橫田其實大可拋下束手無策的我，但是他沒有這麼做，反而覺得出手相救也是一種學習機會。我想，他應該是將與自己有關的工作全部當成自己的課題。正因為投注了心力，做出了覺悟，才能擁有這樣的心態。

我真的有當時的橫田那麼認真嗎？我能夠像他一樣嗎？在那之後，我再也沒見過橫田。生活在不同世界的我們，除非是偶然中的偶然，否則連工作也不會有交集吧？

我至今依然偶爾會想起橫田的身影。一想到他，就會問自己是否已投注全副心力，是否做出覺悟。我想，那傢伙現在也會和當時一樣，開著車朝某座港口的貨櫃間飛奔而去吧！

被「一般常識」綑綁的被虐狂

「大家一般都會這麼想。」

「這是常識吧！」

不管是誰，只要受限於這種說法都一概是垃圾。這些說法是正確的也好，錯誤的也罷，反正都是垃圾。我不喜歡搬出「社會常識」這種理由來宣稱「多數人的意見不會有錯」。人類往往會在有意無意間尋求認同，就像在鬼屋裡怕得要命而忍不住抓住陌生人的袖子一樣，甚至不會去思考這隻袖子是否真的能夠信賴。我說這種膚淺行為就是垃圾。

當我問道：「你說的大家到底是指誰？」「你確定這真的是常識嗎？」

幾乎沒有人能夠提出證據好好說明，只能噴出「大家就是大家，常識就是常識！」這種類似「因為是大便所以是大便」的幼稚屁話。他們的愚蠢讓我驚訝到連話都懶得說，結果反而讓對方誤以為成功讓我無話可說。我的大半輩子，都在重複這種愚蠢的短劇。

沉默不語經常被以為是默認，導致我經歷了不知多少次胃穿孔般的不爽。常識很可怕，因為這是種毫無根據、相信多數一定等於正確的狀態，試圖以多數暴力催毀少數意見。真希望這些人早點發現，他們其實是把自己的平庸與大多數人認同的常識混為一談。

我以前熱愛收聽介紹音樂排行榜的節目。直到現在聽見當時排行榜上的熱門歌曲，依然會興奮又懷念。當時特別喜歡歐美搖滾樂團，例如警察合唱團，那是只屬於自己的音樂，完全不想和他人分享。當時不比現在，輕易就能透過網路找到住在其他城市、和自己擁有相同興趣與品味的人，所以我已經看開了，覺得只要自己懂就夠了。

高中的時候，朋友發現我用卡帶隨身聽播放的錄音帶。放學後，我忘了關電源就去廁所，隨身聽在桌子的抽屜裡發出沙沙聲響，被朋友發現。回到教室時，看見朋友的耳朵裡塞著我的耳機，我當時心想：「再也不會把那副耳機放進自己的耳朵裡了，生理上無法接受。」

朋友拔下耳機後問我：「這是誰的歌？沒聽過。」

「石玫瑰。」我回答。

「喔，原來你聽這種音樂啊，真意外。」

當時樂團選秀節目《三宅裕司的潮團天國》正紅，日本掀起一陣樂團熱潮。但人氣中心依然圍繞著日本的搖滾樂團。除了極少數例外，西洋樂團並不像日本樂團那樣擁有主流人氣。

「我喜歡聽就好，有什麼關係。」我回答。

朋友把隨身聽放回桌上，笑著說：「但是一般人不會聽這種音樂吧！」

我第一次覺得「一般」兩字聽起來那麼刺耳。

他接著問一旁打麻將的朋友們：「你們聽過石玫瑰嗎？」誰也沒聽過。

他問我從哪裡得知這種音樂，而我沒有回答。因為我覺得一旦回答，就會玷汙自己喜歡的事物，我至今依然相信當時的反應沒有錯。後來，我與那名同學的關係並沒有變得更緊張，也沒有變得更要好，如今也失去聯繫。他現在還在聽大事MAN兄弟樂團的《最重要的事》[17]嗎？若能把自己理念貫徹得這麼徹底，我也只能舉雙手投降。

為什麼陳述意見或發表批評時，要使用「大家」「常識」等字眼呢？單

---

17 編註：發行於一九九一年八月二十五日，是日本流行音樂中經典的勵志歌曲。

純把自己的想法表達出來不就好了嗎？我以前曾這樣分析：「他們應該是對自己的意見沒有自信的可憐人吧。」但並非如此。我聽石玫瑰的時代與現在最大的差別就是網路，如今即使是未曾謀面的人，也能透過網路了解對方的想法與意見；同時，只要把自己的想法發表到網路上，就能讓全世界的陌生人看到。以前只有在教室打麻將的那幾個人的聲音，現在卻能放大成幾千甚至幾萬人的意見。如果有這麼多的聲音站在自己這邊，任何人都一定會充滿信心。

各式各樣的「一般常識」，在滑手機時映入眼簾。如果那些意見與自己的想法相近，或許會以為自己「很有常識」吧！所以在面對不同意見時，就會彷彿召喚大軍一樣，搬出這類型的字眼，試圖壓制對方。

很有常識又怎樣？終究只不過是多數派，無法成為否定不同意見或想法的論述根據。如果覺得很有常識是件了不起的事情，最好給我重新投胎。

我是個平凡的人，既沒有優異的資質，也沒有值得誇耀的實績。所以真要說起來，那些所謂的一般常識當然讓我感到親切，如果一個不小心，我也會以此為靠山，狐假虎威地對意見不同的專業人士誇誇其談：「不是這樣吧！就常識而言，一般應該是……」只不過我會在說出口前就忍住。

我從不覺得自己的意見與想法絕對正確。如果能夠把與自己不同的意見當成另一種觀點，彼此互相尊重就好了。為此，必須排除一般常識這種多餘因素，聚焦於意見與想法的本質。

「可以跟你談一下嗎？」

當老婆說這句話的時候，通常代表有所要求。

「怎麼了？」

「你用完洗手台以後，可以打開水龍頭沖一沖嗎？」

「我不太懂。」

我摸不著頭緒。

「雖然我不太想這樣說……」她先說了一句開場白，接著繼續說道：

「但是你每天早上刮下來的鬍子跟吐出來的痰都黏在洗手台上，實在很噁心。」

我有時候會因為睡昏頭而忘記沖，但說是每天如此就太誇張了吧？我按捺住情緒向她道歉：「對不起，以後會注意。」

「你要注意啊，一般人都會為了下一個使用者而沖乾淨，這是常識。」她說道。出現了，一般常識。升起反抗的狼煙吧！我必須強硬質問她：你說的一般，真的是一般嗎？你說的常識，真的確定是常識嗎？

「可以跟你談一下嗎？」

「怎麼了？」

「真的很抱歉，我跟你道歉。我明天開始會像一般人一樣徹底沖乾淨，我會努力成為有常識的人，對不起敬個禮。」

我說道。

我對一般常識的主張絲毫沒有動搖，但如果已經料到貫徹這樣的主張將導致莫大傷害，有時也必須舉白旗投降。就算自己的想法沒有妥協，也必須裝出妥協的樣子。人生的困難與遺憾就在於此。

我的童年懺情記

外出跑業務時，經常會在公園休息。雖然休息是為了吃午餐，但我都會盡量避開正午前後，因為這個時間點經常可以看到和自己相同打扮的業務員，和自己一樣在公園的長椅窸窸窣窣吃著麵包或便當，讓我無法放鬆。我已經失去純真的靈魂，無法像電視廣告那樣，看到和自己同樣喝著罐裝咖啡休息的陌生人就能產生奇妙的共鳴，並拍拍自己臉頰打起精神說：「好！我也要加油！」

下午三點左右的公園很有趣，主角變成親子團體，以及國小低年級左右的孩子們。這群孩子和大人沒什麼兩樣，小團體內已經可以看到階級關係與揣摩上意的情況。有時候外表明明非常稚嫩，卻莫名其妙冒出一句老成的「我要求你道歉！」讓我不禁想拿著罐裝果汁對他們說：「喂，你們太急著長大了吧！既然是個孩子，就該像孩子一樣無憂無慮啊。」

每次聊到這個話題，別人就會對我說：「看來你很喜歡小孩呢！」沒這回事。我提到孩子們的故事，只是不要臉地想被當好人，藉此隱藏自己沒有那麼喜歡小孩的實情，其實內心相當惶恐，肩膀都要縮到跟耳朵黏在一起了。再說，只有「喜歡小孩」與「討厭小孩」這兩個選項，難道不會太極端嗎？要是被斥責「不要囉哩八唆，趕快選邊站」，那麼我會站到討厭小孩的那一邊。

我喜歡和小孩玩，也不以逗弄親戚的小孩為苦，但這並不代表我喜歡小孩，單純只是因為內心還保留了孩子氣的部分，也就是所謂的赤子之心。在公園裡邊喝罐裝咖啡邊看著孩子們，也不是因為喜歡小孩，而是對他們心生嚮往。如果能像孩子一樣只顧著玩不用工作，應該很快樂吧！除此之外也有懺悔的心情。我心中的懺悔總是沉澱在心底，偶爾才會浮出來對我說：「喂，不要忘記我啊。」

那是三十幾年前的事情。我讀的國小會在奇數年級的四月重新分班。換句話說，六年的在學期間，一年級、三年級、五年級會分班，接下來的兩年都和相同的人在同一間教室裡學習。有些人很可惜只能同班兩年，也有些人很不幸必須同班六年。相較之下，同班四年的狀況就不怎麼稀奇。

阿修就屬於這種不怎麼稀奇的狀況。我們在三年級的時候被分到同一班，接下來的四年，我與阿修一直是同班同學。可惜那畢竟是一九八〇年代初期的事，當時記憶已經模糊不清，就算我絞盡腦汁回憶教室裡的面孔，也只能擠出幾個在我心中的主要角色，譬如比較要好的朋友、發育早熟的美少女、班上養的兔子「嗶嘰」以及班導師。但就連這些人，我也只記得綽號，想不起名字。至於其他大多數的配角，已經完全不在記憶裡了。

當時應該沒發生過嚴重的爭執，大家都很要好，度過了愉快的時光，我這麼無情真是抱歉。如果現在舉辦同學會，面對腹部堆積大量脂肪的當年好友，以及已經離婚兩次的前美少女，我應該會因為想不起他們的名字而冷汗直流吧！不過很遺憾，同學會舉辦的可能性極低，因為除非最後由擔任班長的我率先行動，否則不可能辦得成。

唯有阿修的臉與名字，至今依然清楚記得，也想得起他的聲音。這並不是因為我們感情好，而是基於愧疚與懺悔，是一種懲罰，無法忘懷的懲罰。

阿修是在育幼院長大的孩子。當時每個年級都有幾位那樣的學生，全校應該有十人左右吧？有些學生毫不掩飾地閃躲他們，我們班上也有這樣的人。看在與家人同住一個屋簷下且視為理所當然的孩子眼中，沒有與父母一起生活是很奇怪的事。雖然沒有惡意，但避開奇怪的傢伙或許是孩子特有的殘忍。

如果依照身高排隊，我的位置通常是前面數來第四個，阿修則是第三個。除了身高順序一前一後之外，阿修也是我從三年級開始同班的同學，所以五年級重新分班時，周遭都覺得我們應該很親近。但是我和阿修並不熟，從來沒有單獨玩耍過，和大家一起玩的情況倒是有。我們常在放學後打棒球，阿修擔任第一棒打者。不知為什麼，當時有個默契，第一、二棒與第八、九棒都由小個子擔任。我曾經認真思考，如果當時能擔任中心打者，往後人生是否多少有些不同。

我從三年級就開始與阿修同班，所以導師與同學都認為照顧阿修是我的責任。

「阿修就交給你了。」

「你就和阿修同一組！」

煩死了。我當時很不爽，明明我也是個學生，為什麼非得擔起保母的責任不可呢？

如果阿修是個不會惹麻煩的乖學生，我也不會有所埋怨。如果偶爾出問題倒還好，但阿修出問題的狀況不是偶爾，幾乎每次都會忘記寫作業、忘記帶東西、無法遵守約定、把營養午餐的麵包塞在抽屜放到發霉、沒打出安打就狂奔回本壘……阿修就是這種問題兒童。

誰也不知道阿修為什麼會問題連連，大家都困惑不已，有些同學把阿修的問題行為歸咎到育幼院，他們與阿修保持距離。但也不能放著不管，最後就變成由我來照顧他。老實說，這對我造成了很大的困擾。

周遭的人以我不願意的形式賦予我期待，然而這其實是用期待包裝的「強迫」。

我討厭遠足。當然，在山上與草原吃便當別有一番風味，在遊覽車上吵吵鬧鬧也興奮愉快，但便當與吵鬧的背後，總是有阿修的身影。我必須隨時注意「阿修在嗎？」「阿修有沒有受傷？」無法放鬆享受遠足。我的擔心不是空穴來風，舉凡遠足、校外教學、畢業旅行，阿修在校外活動時一定會失蹤，到了集合時間完全不見蹤影。只要阿修失蹤，老師與同學就會責怪我，那些指責中經常帶有「好可憐，抽到下下籤」的同情色彩，更加深了我的怒氣。我至今仍忘不掉那種「為什麼是我」的心情。

國小六年級秋天的畢業旅行是去關東地區北部的日光。大家以班級為單位參觀華嚴瀑布後，就是購買紀念品的自由時間，結果阿修又失蹤了。即使全班總動員，依然花了三十分鐘才找到迷路的他。短短三十分鐘，對我而言卻十分漫長。我不停遭受指責：「你讓阿修離開視線了嗎？」「為什麼不和他一起行動呢？」我受不了了，不管是阿修還是班上同學都煩死了。

後來找到阿修，就在大家額手稱慶的時候，我破口大罵：「渾蛋！你為什麼亂跑！」我的渾蛋罵的不只是阿修，更是全班同學，但是承受怒氣的卻只有阿修一個人。「對不起嘛。」阿修哭了出來。不用說，我又被當成壞人。畢業旅行後，我的任務解除，後來再也沒有和阿修說話。我不知道他的現況，在那之後的歲月更迭，但我們的時間就一直停留在那座華嚴瀑布。

阿修應該是發展障礙的孩子。當時這樣的名詞與相關知識還不普及，他只是單純被當成問題兒童對待。甚至稱不上「對待」，大家只是避開他，想要逃避麻煩。最殘忍的是我，明明離阿修最近，得到他的信任，心卻離他最遠。阿修在我破口大罵時的難過表情，至今依然折磨著我。

有時候會想，阿修有好好長大嗎？我無法想像他離開育幼院後長大成人的模樣。多數人沒花什麼力氣就長大成人，所以往往會忘記：理所當然地變成大人，並不是那麼理所當然的事，只是碰巧運氣好而已，長大比想像中更困難。我為公園裡玩耍的孩子們祈禱，希望他們可以加油，這是我沒有為阿修做的事情，也是我的懺悔。

後記

讓我成為守護你的背後靈

我非常喜歡美國作家查爾斯．布考斯基。布考斯基的小說主角，多半以自己為原型（根據我的印象是全部）。面對在職場與酒吧發生的無奈問題，他並沒有提出改善方案，小說裡總是噴一句「狗屎！」再咕嚕咕嚕把酒灌下就結束，我很喜歡這樣的情節，不僅讀起來痛快，又留下哀愁而優美的餘韻。之所以深受布考斯基吸引，是因為他直接表現出我做不到的事情。一般人會在意形象，也有其顧慮與考量，很難直接把「狗屎」噴出口。

我無法成為布考斯基。

我們在日常生活中面對莫可奈何的問題時，雖然會在心裡咒罵狗屎，卻不可能像布考斯基小說裡的主角那樣，實際對上司與客戶說出口。我們也無法丟下工作回家，或是真的把狗屎丟出去，頂多只能暗地裡碎念著「累死了」，勉強把交辦的工作做完，然後在回家路上突然肚子痛到難以忍受，腳步虛浮地繞去藥局買胃藥。而且即使胃痛到不行，依然不忘在結帳時出示集點卡——這雖然是我的親身經歷，卻連自己都感到悲哀。

即使如此，我們依然必須活下去。就算想把狗屎噴出去，還是只能用力吞回消化不良的胃袋裡，使勁忍耐時還漏了一點屎。我在布考斯基丟出狗屎的姿態中，彷彿看見另一個自己，若無其事地做著自己做不到的事情。真想試試看，一定很痛快。但在拍手叫好的同時，也發現自己保留了一部分的清醒：「因為是小說所以才能辦到啊。」沒錯，我們知道自己過著比布考斯基的小說更嚴峻的人生。如果能對著以垃圾上司為代表的人生大敵破口大罵：「垃圾！」想必會活得更輕鬆。就是因為罵不出口才痛苦。

布考斯基告訴我們，不需要勉強戰勝人生，不需要正面迎擊。我想藉由本書表達的也是「不需要勉強戰鬥」「不需要逼自己去克服」。只要活著，就會有贏的時候，也會有輸的時候，而普通人很難大獲全勝。如果運氣不好，落敗時也可能遭受幾乎無法恢復的重大打擊。

我有位朋友就曾正面迎戰人生，結果遭受難以復原的傷害，至今仍無法重新站起來。他太認真了，這種認真的性格成為災難，驅使他對抗人生與圍繞著人生的各種事物，企圖奪取勝利。如果有哆啦A夢可以免費借我時光機，我甚至想衝到年紀尚輕的他身邊，從他手上搶下與人生戰鬥的召集令，撕成碎片丟掉。

我們不能輸給人生。失敗都是因為以勝利為目標，反過來說，如果不想贏，就絕對不會輸。雖然人生的戰爭無可避免，但我們可以等待戰爭平息。舉例來說，當史上最強的颱風直撲而來時，你會怎麼做呢？多數人應該會躲在家裡看電視、打電動，或是前往避難收容所邊忍受隔壁歐吉桑的打呼聲，邊等著颱風過去。雖然耍帥衝出避難所正面迎擊，大喊「我才不會輸給颱風！」是個人的自由，但這種搖滾行動想必會縮短壽命。

有些人懂得享受人生的各種狀況。克服重大麻煩與障礙，能讓他們感到無上的喜悅。當一般人苦悶到抱怨連連時，他們也能將負面情緒轉換成鞭策自己突飛猛進的動力，我認為這些人是天才。但很可惜，我每天氣喘吁吁地抱怨，與天才無緣。對我來說，人生的痛苦就是痛苦，沒有別的。

我不懂天才的觀點，不知道他們活在世界上有什麼感受、什麼想法，但取而代之的是，我對於普通人活在世上所感受到的不合理、不耐煩再清楚不過，而我也有忍耐過來的自傲。本書就是將我至今為止面對不合理、不爽、看不開的時刻，如何撐過來、如何對抗而不落敗的經驗，原封不動製成真空包裝。書裡雖然沒有讓人拍手叫好「真是妙計！」的速效方法，但如果你剛好遇到類似狀況，可以邊嘲笑我「原來都靠著這種愚蠢的想法活下來啊！裝笨真好，真輕鬆」，邊從中得到靈感與勇氣，發明自己的戰鬥方法。

我就打開天窗說亮話吧！本書所寫的全是面對各種問題時的藉口。雖然我自認為在對抗人生，但卻從未戰勝。我在持續不斷的苦戰當中，始終居於劣勢，過著因為悔恨的淚水與胃酸導致胃穿孔的人生。說不定站在旁觀者的角度，我看起來就像落敗。但是別人的想法與我無關，重要的是，自己的人生不應該交由旁人評斷；自己的人生應該由自己分出勝負。人生有很多不如意的事，但只要自己不認輸就不算輸。「唉，人生好難。煩死了，會陷入這種狀況都是因為如此如此這般這般」——像我這樣平凡的中年人，就是靠著這些藉口，一一克服困難，勉強撐過來，因為我不想認輸。

人生是一輩子的敵人。我們無法戰勝人生的一切，不妨就撐過去吧！為了撐過人生，每個人都必須發明自己的戰鬥方式，藉口就是一種武器（雖然在現實生活中，如果滿嘴都是「都怪同事硬要約我，所以才喝了十五杯啤酒」「風太強，才會遲到」之類的藉口，將會失去家人與同事的信賴，使用時必須小心）。與人生對峙時，藉口非常有用，因為名為人生的戰役，是場極度私人的戰鬥，不需要在意別人。為了活過明天，大可徹底地、不負責地把藉口當成武器。讓我們像布考斯基那樣，邊罵著狗屎，邊把錯誤的藉口當成合理的理由吧！就算人生是部遊戲糞作，還是只能半認真半隨便地玩下去不是嗎？本書不能幫你戰勝人生，但如果能夠幫你獲得不ＧＧ的人生，那就太欣慰了。

最後，本書得以出版，都要感謝熱情到令人起雞皮疙瘩的責任編輯伊藤直樹先生，以及日本角川出版社的各位。也要感謝讓我開啟寫作契機的網路公司Hatena株式會社。

此外，這次能讓自己的想法以書籍形式問世，都多虧了一直以來閱讀部落格的各位支持。我由衷感謝各位讀者，真的很感謝你們。

除此之外，在日劇《繼母與女兒的藍調》中，以逼真演技讓我重新認識人性美好的綾瀨遙小姐，以及在我寫到最後階段時，以日劇《魯邦的女兒》中的角色扮演激勵我的深田恭子小姐，謝謝你們。

在我寫稿時，謝謝老婆以不是那麼溫暖的眼光守護著我。

最後，給讀到這裡的你。

我很脆弱，非常脆弱。泡澡時日復一日流下的悔恨淚水，已經讓淚腺變得乾巴巴；太常咬牙忍受難以忍受的事情，導致牙齒搖搖欲墜，再這樣下去，不用等到退休，我就離不開老花眼鏡，臼齒也光速面臨掉光光的命運。

唉，太痛苦了。不然上個網轉換心情吧！結果打開ＩＧ，一整排都是夜間泳池、珍珠奶茶，這些光鮮亮麗的生活閃到我眼睛都快瞎了。逃到推特發廢文傾訴絕望的心情，結果被不認識的蠢蛋說教：「這真的是絕望嗎？你要知道，像你這種自以為是的絕望，相當於在愚弄真正絕望的人。」好痛苦，真是太痛苦了。

但是，唯有這點請不要忘記：脆弱的不是只有自己，大家都很脆弱。看起來堅強的人，只是因為知道怎麼戰鬥，並且習慣戰鬥而已。每個人都必須找到自己的戰鬥方式，想盡辦法在或輸或贏中度過每天的生活。所以，即使現在這一刻處在嚴峻的狀況，也完全不需要悲觀或絕望。

這本書是背後靈，守護著生活在嚴峻現代的你。本書絕對不是那種在危機時刻華麗現身，以北斗百烈拳把敵人打跑的國民英雄，而是像背後靈一樣，在落敗時用死去祖母的聲音對你輕聲說「輸了也沒關係喔」；或是在戰勝時用死去祖父的聲音告誡「贏了也不能驕傲」。如果你能在痛苦的時候、發瘋的時候稍微想起本書，開朗地笑著想：「作者是輸個不停的蠢蛋，卻也活了四十五年。既然如此，我也能辦到。」那我就很欣慰了。

不是所有人都能成為超級英雄，但任何人都能成為自己專屬的英雄，自己保護自己。即使客觀來看是輸了，依然可以在心中的戰績表不斷記錄勝利。只要不認輸就不算輸，這樣就夠了，能夠評價自己人生的只有自己。人生只有一次，成為自己的專屬英雄，頑強活下去吧！再會。

國家圖書館出版品預行編目 (CIP) 資料

我最喜歡上班了：風靡日本的社畜廢文高級酸！抱歉了尊嚴，但我真的需要那個酷錢錢 / 文子文雄作；林詠純譯 . -- 初版 . -- 臺北市：今周刊出版社股份有限公司，2021.06
304 面；14.8×21 公分 . -- (社會心理系列；28)
譯自：ぼくは会社員という生き方に絶望はしていない。：ただ、今の職場にずっと……と考えると胃に穴があきそうになる。

ISBN 978-957-9054-90-4(平裝)

861.6 110005686

社會心理系列 028

我最喜歡上班了

風靡日本的社畜廢文高級酸！抱歉了尊嚴，但我真的需要那個酷錢錢

ぼくは会社員という生き方に絶望はしていない。ただ、今の職場にずっと……と考えると胃に穴があきそうになる。

作　　者 文子文雄
譯　　者 林詠純
副總編輯 鍾宜君
責任編輯 李韻
封面設計 張巖
內文排版 薛美惠
校　　對 許訓彰
行銷經理 胡弘一
行銷主任 彭澤葳

發 行 人 梁永煌
社　　長 謝春滿
副總經理 吳幸芳
副 總 監 陳姵蒨

出 版 者 今周刊出版社股份有限公司
地　　址 台北市中山區南京東路一段 96 號 8 樓
電　　話 886-2-2581-6196
傳　　真 886-2-2531-6438
讀者專線 886-2-2581-6196 轉 1
劃撥帳號 19865054
戶　　名 今周刊出版社股份有限公司
網　　址 www.businesstoday.com.tw

總 經 銷 大和書報股份有限公司
製版印刷 緯峰印刷股份有限公司
初版一刷 2021 年 6 月
定　　價 340 元

BOKU WA KAISHAIN TO IU IKIKATA NI ZETSUBO WA SHITE INAI。
TADA、IMA NO SHOKUBA NI ZUTTO……TO KANGAERU TO I NI ANA GA AKISO NI NARU。